U0907406

老藤 著

孔子另说

总有
一条圣人之道
适合你

中国大百科全书出版社

图书在版编目（CIP）数据

孔子另说：总有一条圣人之道适合你 / 老藤著 . —北京：中国大百科全书出版社，2020. 9

ISBN 978-7-5202-0819-2

Ⅰ. ①孔… Ⅱ. ①老 … Ⅲ. ①散文集—中国—当代 Ⅳ. ① I267

中国版本图书馆 CIP 数据核字（2020）第 162734 号

出 版 人 刘国辉
策划编辑 李默耘
责任编辑 姚常龄
责任印制 陈　凡
出版发行 中国大百科全书出版社
地　　址 北京阜成门北大街 17 号
邮　　编 100037
网　　址 http://www.ecph.com.cn
电　　话 010-88390739
印　　刷 太原日报传媒集团有限公司
开　　本 880 毫米 ×1230 毫米　1/32
字　　数 130 千字
印　　张 7.625
版　　次 2020 年 9 月第 1 版
印　　次 2021 年 1 月第 1 次印刷
定　　价 48.00 元

目　录

一、治政篇

1. 孔子为政面面观

经常会有人说："半部《论语》治天下"，这句话到底是什么意思呢？其实就是告诉人们，《论语》中有孔子的为政观。参透了孔子的为政观，治国平天下就有了基本遵循。那么，孔子的为政观都有些什么内容呢？笔者梳理了一下，可以概括为这样五句话：为政以德、治政以礼、严政以刑、施政正己、仁政人道。

这五句话看似简单，内涵却极为丰富。先说为政以德，这是《论语·为政》中一句非常著名的话：子曰："为政以德，譬如北辰，居其所而众星共之。"解释出来就是以道德教化来治理政事，就会像北极星那样，自己居于一定的方位，而群星都会环绕在它的周围。这实际是在强调道德的感化力量，古人强调以德治国就是出自这里。孔子说这句话不是凭空杜撰，他是总结了周代国君的经验，从实践中得出来的，因为周代国君就是这样做的。我们今天为什么要强调德才兼备、以德为先，因为德代表的是立场、是品格、是人间正道。

治政以礼，这个礼就是"克己复礼"的礼，用今天的话说就是规矩，当然孔子崇尚的是“周礼”，我们所讨论的是普遍意义上的规矩。我们常常提到政治这个概念，其实在孔子那个时代，所谓政治，是倒过来说的，就是“治政”；而治政，就是管理官吏。今天说最大的腐败是吏治的腐败，那么吏治的腐败主要表现在哪里？当然就是规矩的破坏，官吏无所遵循，肆意妄为，这就是吏治腐败的体现。因此，孔子认为治政，必须明礼、尊礼、守礼，一个人不懂礼无法立身，一个官吏不懂礼就无法治政，因为缺了做人、做事、做官的基本遵循。孔子为了说明“礼”的重要性，提出了“四勿”要求，即：非礼勿视、非礼勿听、非礼勿言、非礼勿动，对于治政者来说，这是被历史证明过的真理，其中道理需要仔细体会。

严政以刑，这是强调法度。孔子并没有因为重视礼和仁就忽视法度，他在执法问题上从不含糊，上任鲁国大司寇（负责实践法律法令，辅佐国君行使司法权）七日就依法杀掉了少正卯（？～前496年）。孔子认为：“圣人之治化也，必刑政相参焉。太上以德教民，而以礼齐之，其次以政焉。导民以刑，禁之刑，不刑也。化之弗变，导之弗从，伤义以败俗，于是乎用刑矣。颛五刑必即天伦，行刑罚则轻无赦。侀，侧也；侧，成也。壹成而不可更，故君子尽心焉。”（《孔子家语·刑政》）这段话的意思是，圣人治理教化民众，必须是刑罚和政令相互配合使用。最好的办法是用道德来教化民众，并用礼来统一思想；其次是用政令，用刑罚来教导民众，用刑罚来禁止他们，目的是为了不用刑罚。对经过教化仍不改变、不听从，害理败俗之人，只能用刑罚惩处。专用五刑来治理民众也必须符合天道，执行刑罚对罪行轻的也不能赦免。侀，就是侧；侧，就是已成事实不可改变。一旦定刑就不可改变，所以官员要尽心地审理案件。这段话说明孔子认为执法必须从严，不能有所姑息。

施政正己，是强调施政的方法。所谓施政就是施加政令，是执行层面的行为。那么怎样才能有效地施政呢？孔子给出了很好的回答：“政者，正也，子帅以正，孰敢不正？”（《论语·颜渊》）这是季康子问如何施政时，孔子给予的答复。应该说孔子的回答说到了施政的根本处，在一个讲究等级制度的时代，孔子有这种施政思想，说明“正己”是多么重要，这也就是儒家为什么强调修身、正心的道理所在。今天我们常说遇到困难时施政者是“跟我上”还是“给我上”，冲锋效果和战斗力是不一样的，身先士卒、率先垂范就是最好的命令。施政者明白这个道理，就要时时处处身体力行。当然，分工不同，具体问题需要具体分析，但道理是不会变的，施政需正己。

仁政人道，是强调以人为本。儒家的民本思想影响深远，孟子那句“民为贵，社稷次之，君为轻”的名言许多人耳熟能详，孟子的民贵君轻思想当然来自孔子，因为孔子所强调的“仁”，就是爱人，就是由此及彼的博爱，正所谓“仁者人也”(《中庸》)。孔子讲的仁政，即“道千乘之国，敬事而信，节用而爱人，使民以时”(《论语·学而》)。是说治理大国之道，就是要严谨认真地办理国家大事而又恪守信用，诚实无欺，节约财政开支而又爱护官吏臣僚，役使百姓不误农时。这里“使民以时”充分体现了人道精神，大家都知道，古代百姓是需要服劳役的，你修长城可以，修阿房宫也可以，关键是你怎么役使百姓、在什么季节役使百姓？正是农忙季节，你让农民撂下锄头去服劳役，这就有违人道了。

如果再度简化孔子的为政观，是不是可以用这样一组关键词来表达：感化、规范、约束、表率、爱民呢？

2. 仁的三纲九目

了解孔子，必须弄清孔子思想的核心——仁。在《论语》一万三千字中，“仁”字出现百余次，足见“仁”之重要。那么，如何来理解仁的内涵呢？“仁”大致可以划分为政治、社会和个人三个层面。

一、政治层面：仁有三个方面的内容。

1. 仁政。所谓仁政，就是要为政以德。“为政以德，譬如北辰，居其所而众星共之。”为政以德的意思就是要有“道”，这个“道”就是王道，一条能够使人与人、人与社会、人与自然之间相互协调发展的治国之道，其要旨是以德治国。国运昌盛之日，必是王道深入民心之时。

2. 人本。也就是以人为本。周公的思想是敬德保民，孟子则将这一思想概括为：民贵君轻。孔子在刚刚脱离奴隶制的社会背景下就主张以人为本，主张人权，这对今天我们的已经不仅仅是个启示了。有两个例子就很说明问题，例一：“厩焚。子退朝。曰：‘伤人乎？’不问马。”《论语·乡党》孔子的马棚被烧了，孔子从朝堂回来，问道：“伤人了吗？”没有问马的情况。这里有两个因素我们必须考虑，一是古代的马，就类似现在的车；好马，就如现在的奔驰、宝马、凯迪拉克。二是喂马的人在古代是下人，是奴仆，那么孔子不问马只问人，说明孔子对人的关心要胜过对马的关心。如果是现在，有人轿车被烧，他会像孔子那样问吗？例二：有个叫宰予的学生问孔子，一个仁人，有人告诉他，说井里掉进一个人，这个仁人会跟着跳下去吗？“何为其然也？君子可逝也，不可陷也；可欺也，不可罔也。”(《论语·雍也》) 孔子说：“为什么要这样做呢？君子可以去救他，但不能盲目地陷入井里。”“可欺也，不可罔也”，就是说一个君子可能被欺骗，但不可被愚弄。

3. 中庸。为政要不偏不倚，要中和，这就是中庸。中庸对仁的体现，主要有三个层面的含义：一是不能相信异端学说；二是路线要端正，应该不偏不倚；三是要“敬鬼神而远之”，鬼神，为政者要敬，但不能迷；四是慎刑。重教化轻刑律，要避免出现暴政，通过教化尽力避免犯罪，以德化刑。所以孔子说：“道之以政，齐之以刑，民免而无耻；道之以德，齐之以礼，有耻且格。”(《论语·为政》) 后人对仁政王道的重要性缺少认识，总是陷入“重刑治乱，越治越乱”的怪圈儿。其实，靠刑律是解决不了根本问题的，老子早就说过：“民不畏死，奈何以死惧之。”

（《老子》第七十四章）当一个人活着不如死了的时候，他还会怕死吗？所以孔子认为刑律的最终目的是无刑，人们都有比较好的道德规范，都遵纪守法，刑律目的就达到了。

二、社会层面：仁有三个方面的内容。

1. 与人为善。在儒家学说中，善是德的一种表现，它的内含十分丰富。可以理解为修行、宽容、慈悲、恩泽等。

与人为善一方面是善待自己，也就是“独善其身”；另一方面是善待别人，己欲立而立人，己欲达而达人，君子成人之美，不成人之恶。这一思想是典型的自律思想，儒者通过对自己的约束进而影响社会。“老吾老，以及人之老；幼吾幼，以及人之幼”，这是由己及他，由此及彼，潜移默化而不强人所难。“恻隐之心，仁之端也”是善的表现。

2. 见贤思齐。独善其身怎么来独善？孔子的观点是学习，要“见贤思齐焉，见不贤而内自省也”（《论语·里仁》），“三人行，必有我师焉。择其善者而从之，其不善者而改之”（《论语·述而》）。“见贤思齐”其实是一种学习的态度和方法，具有积极的审美意义。我们在生活中，应该善于发现美，善于学习美，要择其善而从之。正如孔子所说：“十室之邑，必有忠信如丘者焉。”（《论语·公冶长》）比如我们在处理或对待一件事物时，能不能一分为二，能不能择其善而从，择不善而改，这反映了一种世界观。

3. 正心诚意，格物致知。孔子认为“一家仁，一国兴仁”(《大学》)，“家”在儒学思想体系中的地位不可或缺。他认为“修身、齐家、治国、平天下”是一条正大光明的道路。如何齐家？《大学》中这么说：“欲齐其家者，先修其身；欲正其身者，先正其心；欲修其心者，先诚其意；欲诚其意者，先致其知；致知在格物。”说齐家最后落在了格物，格物就是探究事物的原理。

三、个人层面：仁也有三方面内容。

1. 克己复礼为仁。怎样克己复礼呢？就是能行五者于天下。这五者即庄重、宽厚、诚实、勤敏、慈惠。也就是“恭、宽、信、敏、惠”(《论语·阳货》)。孔子认为：庄重就不会受到侮辱，宽厚就会得到群众的拥护，诚实就会得到别人的任用，勤敏工作就会有成绩，慈惠就会很好地差使别人。孔子说：“人而不仁，如礼何？人而不仁，如乐何？”《论语·八佾》仁在孔子心目中，是对一个人的本质要求。

2. 尽孝悌。孔子说：“仁者，人也，亲亲为大。”(《中庸》) 亲亲，就涉及孝悌。孝，是子对父；悌，是弟对兄，两者不是一回事，但孝与悌都是仁的具体表现。那么，什么是孝？解释有广义和狭义两部分，就狭义的孝而言，其内容主要是子承父志，不改父之道；事父母，使父母愉悦，为父母养老送终；光宗耀祖，慎终追远。那么什么是悌呢？悌的本意是弟弟对兄长的尊重。儒家学说之所以发明这么个提法，主要是为了符合礼，不混淆伦理，因为子对父可为孝，弟对兄就不能称为孝。“孝悌也者，其为仁之本也！”（《论语·学而》）这是孔子的结论，意思是孝和悌是仁的根本。

三是讷言敏行。讷言，就是慎言，轻易不表态。敏行就是勤于实践的意思。君子要少说多做，要勤于实践，交浅不言深。孔子认为仁德君子是不该乱说话的，整天没完没了地讲话不符合仁的要求。他本人就有“四不语”，即：怪、力、乱、神。怪是怪异；力是暴力；乱是叛乱；神是鬼神。因为怪异、暴力、叛乱和鬼神往往都是些奇谈怪论，用今天的话说无非是些八卦消息或市井段子，对此，孔子是从来不谈论的。

仁的内含极为丰富，还有修养、学养和示范方面的含义，孔子很少用仁来评价人，说明孔子对仁的要求是在别的标准之上，这一点需要后人不断加深理解和感悟。

3. 近者悦，远者来

楚国大夫沈诸梁问政于孔子，孔子回答了六个字："近者说（悦），远者来。"（《论语·子路》）仔细琢磨一下，不得不佩服孔老夫子，他把治国之真谛用六个字说清楚了。

必须承认，不同的人问政于孔子，孔子的回答是不一样的，比如子贡问政，孔子的回答是"足食足兵，民信之矣。"（《论语·颜渊》）就是说只要粮食充足，国防完备，人民信任就可以了。子路问政，孔子回答说"先之劳之，无倦"（《论语·子路》），意思是做在百姓之前，干在百姓之前，通过教化使百姓变得勤劳。仲弓问政，孔子的答案是"先有司，赦小过，举贤才"（《论语·子路》），意思是有什么工作先责成下面的官员来做，不要事必躬亲；官员有了小错应当宽赦，不要揪住不放，不能因枝节而弃栋梁；多选拔任用有贤德有能力的人才。鲁哀公问政，孔子说："文武之政，布在方策，其人存，则其政举；其人亡，则其政息。"（《中庸》）强调了为政在人，统治者本身是最重要的因素，人不在位，政不能守，一切都无从谈起，等等。孔子给这些人开出的方子各有侧重，综上所列举，窃以为，只有叶公这次问政，孔子才真正道出了政治的真谛。

为什么这么说呢？

首先，来说说这个“近”，所谓近，有一种说法是指自己身边人，这一点肯定不是孔子原意，因为孔子反对乡党、小圈子，强调道和礼，小圈子尚情不尚贤，一个喜欢搞小圈子的人，远方陌生的君子不会来投奔他。那么，孔子这个“近”是指什么？我认为有两个层面意思，一是本国国民；二是周围邻国。近者说，就是让国民高兴，让邻国安心。想想看这个说法是不是有道理，自己国内的事都没着落，却整天惦记着其他诸侯国，这就是老百姓说的种了别人的地，荒了自家的田。自己的国民才是君王的衣食父母，令他们“悦”是国家的根本职责。

与邻国搞好关系也是这个道理，俗话说远亲不如近邻，邻居安，国家宁，四邻不安是治国大忌，因为它会让你分神费力，疲于应付。正因为如此，孔子才把“近者说”放到前面来说。有人也许会用三十六计中的“远交近攻”来反对孔子的说法，实在是大谬，“远交近攻”是当时特殊条件下横扫六国的权宜之计，不可不顾实际加以套用，北宋时朝廷盲目套用这一战略就是一个惨痛的教训，因错误运用远交近攻导致亡国，北宋末年，北邻是辽，辽以北是金。北宋皇帝采用远交近攻的策略，“联金灭辽”，结果灭辽后金军长驱南下，导致了“靖康之耻”，两个皇帝被掠到五国城“坐井观天”。到了南宋末年，朝廷又搞起了“远交近攻”，联合蒙古灭了金，结果蒙古大军长驱直入，有了崖山蹈海之难。唇亡则齿寒，睦邻友好是上策中的上策。

那么，怎样才能做到“近者说”？《论语》中没有记载，但从其他章节中不难理出几条：首先是子贡说的“足食，足兵”，也就是物资和国防不能忽略，没有经济上的实力和强大的国防，政权靠什么支撑？即或有了商业文化方面的繁荣，也会被外来侵略者所掠取，这一点北宋、南宋亡国的教训是深刻的。其次是“节用”，也就是说不能挥霍浪费。不受约束的统治者大都喜欢搞“形象工程”，像秦始皇大建阿房宫、长城，像隋炀帝挖运河、派宇文凯搭建当时世界上最大的会议中心等，结果耗散国力，失去民心。再者，就是“使民以时”，也就是劳役要不违农时，这在当时是一个很容易激化社会矛盾的问题，当徭役与生产相矛盾的时候，老百姓迫于王法，只能牺牲后者，从而陷入饥馑苦日。想想看，人家这边担心雨季来临急着收麦子，你那里非要老百姓放下农具去修皇陵，老百姓心中不怨恨才是怪事。但这些都做到了还是不行的，还有最重要的一条，就是国内上下都要恪守礼制，大家依礼行事，就不会出现大的差错，这也是孔子毕生都在倡导的思想——中庸之道和克己复礼。

我们参观故宫，从三大殿悬挂的牌匾上就能知晓帝王对恪守中庸之道的重视程度。保和殿悬挂的牌匾是“皇建有极”，中和殿悬挂的是“允执厥中”，太和殿悬挂的是“建极绥猷”，这三块牌匾都在说明“道”的重要性，而且由己及彼，由家国到天下，始终立足在一条不偏不倚的中轴线上。

至于“远者来”，是强调外交的重要，“远者来”不是说你做好了，人家自然就会来朝贡，这里面还有许多工作要做，那就是用“道”和“礼”去影响四夷，从而形成一种四方来朝的盛世景观。

4. 孔子为何厌苛政?

《礼记·檀弓下》中有《苛政猛于虎》一文，记载孔子和弟子子路路过泰山时，遇到一名身世凄惨的妇女的故事。当地虎患严重，因为其他地方有国君苛刻的暴政，所以她和亲人宁愿一直住在这里，以至于后来竟有多人连同她的亲人也被老虎咬死，只剩下她一人对着亲人的坟墓哭泣。

苛政的标志是横征暴敛，执政者想方设法琢磨着加大税收，巧立名目搜刮民脂民膏。这种治政思想与孔子的施政观是背道而驰的。孔子说:“道千乘之国，敬事而信，节用而爱人，使民以时。”(《论语·学而》)认为治理国家不但要节约财政支出，而且要轻用民力，适时征发力役，不违农时。

孔子之所以厌恶苛政，是因为苛政与德政相对立。孔子主张实行德政，“为政以德，譬如北辰。居其所而众星共之”，这种德政被孟子发展成了仁政王道，王道的通俗阐释是:以德治国，贤良得用，礼制实行，近悦远来，赋税徭役适度，人民丰衣足食。可以说，孟子的仁政王道，较好地体现了民贵君轻思想。

仁政与苛政的对立，实际是儒法之争，历史上实施仁政不乏周朝初期、唐朝初期等范例，而且持续时间不短，而实行苛政的，却不能长久。苛政出现，有两个前提，一是有一个被孟子称为“独夫民贼”的国君，二是有一批助纣为虐的酷吏。独夫民贼为了满足私欲，视国民如鱼肉，为所欲为，不受约束，朝野上下，千人皆诺诺，无一士敢谔谔。《史记·商君列传》所记“武王谔谔以昌，殷纣墨墨以亡”，就是从两者比较中提醒人们要防止出现苛政现象。

独夫民贼的出现虽是一种偶然，但也不是没有规律可言，他们大都有强国之功绩，一统之伟业，在高台庙堂之上，膨胀自大，不知危险将至。夏桀如此，商纣王如此，周幽王、周厉王亦都如此。《墨子·法仪》：“暴王桀、纣、幽、厉，兼恶天下之百姓，率以诟天侮鬼，其贼人多，故天祸之，使遂失其国家，身死为僇于天下。”但是，这些国君并非弱智，难道不知道实行苛政会导致国破家亡？这样一问，问题就来了，苛政孳生，在于有一大批为虎作伥、抬轿子的佞臣助纣为虐。正是佞臣们摇唇鼓舌，堵塞言路，整天给国君提供一些虚假信息，才导致了国君日益狂妄自大、忘乎所以。

酷吏为孔子所不齿，与孔子同时代的阳虎就是一个酷吏，这个家臣出身的卑鄙之人阳奉阴违，长于搞阴谋诡计，甚至发展到篡权叛乱的地步，孔子当然厌恶他了。

历史上有名的酷吏很多，他们以其不近人情、人性泯灭而被刻在了耻辱柱上。司马迁写的《酷吏列传》发人深省，提出国家政治的美好在于君王的宽厚，而不在法律的严酷。酷吏如野马，苛政似车舆，两个狂奔起来，国君也无法驾驭得了，那么受苦受难的只能是黎民百姓。因为权力会被逐级放大，砝码会层层加重，皇宫里一纸薄薄的政令，到了基层就会变成血淋淋的人皮，这是历史上多次出现的教训。《汉书》记载：酷吏宁成在家闲居时，皇帝想让他当太守。御史大夫公孙弘说："我在山东当小官时，宁成任济南都尉，他处理政事就像狼牧羊一样凶狠。宁成不可以用来治理百姓。"皇上就任命宁成当关都尉。一年以后，关东郡国的官吏察看郡国中出入关口的人，都说："宁肯看到幼崽哺乳的母虎，也不要遇到宁成发怒。"据说，哺乳期的母虎因为保护幼崽，十分凶狠，见谁吃谁，过往商旅宁可见乳虎也不希望见到宁成，可见这个酷吏对人凶狠猛于乳虎。

关于实施仁政问题，孔子曾对弟子子夏说过：要遵奉"三无私"的精神，以恩德招揽天下百姓。所谓"三无私"，即像上天那样无私地覆盖万物，像大地那样无私地承载万物，像日月那样无私地照耀万物。按照这三条来招揽天下百姓，就叫作“三无私”。可见仁政与苛政的本质区别是公与私的问题。出于公心，哪怕有所失误也是日月之蚀；发自私欲，尽管冠冕堂皇，也会欲盖弥彰。孔子厌恶苛政，归结到人的问题上，是一个君子治国还是宵小治国的问题。

5. 欲速则不达

孔子曰："中人之情也，有余则侈，不足则俭，无禁则淫，无度则逸，从欲则败，是故鞭朴之子，不从父之教，刑戮之民，不从君之令，此言疾之难忍，急之难行也．故君子不急断，不急制，使饮食有量，衣服有节，宫室有度，畜积有数，车器有限，所以防乱之原也。"(《说苑·杂文》) 这段话的大意是，一般人的情况是这样：财物有余就会浪费，不足就会节省，没有禁令就会过度，没有限制就会放纵，欲望不遏制就会失败，所以，鞭打儿子，儿子便不会听从父亲教育，刑法杀戮百姓，百姓便不会听从君主命令，就是说行动过快就难以让人忍受，要求太急就让人难以做到。所以君子应不急于决断，不急于颁发规定，使饮食适量，衣着朴素，住房不奢华，积蓄有定数，车器有标准，这是防止祸乱的根本方法。

这段话其他含义暂不多说，此文单就"君子不急断，不急制"一语作些分析。

由"不急断，不急制"可以想象，孔子做事是一个有板有眼，轻重缓急把握非常到位的一个智慧老人，“不急断，不急制”是一句发自肺腑的千古忠告，历史经验证明，任何急断、急制的做法，不论出发点多么好，往往都会留下一个烂摊子。

急断，就是匆匆忙忙做出决定。这样的决定必然先天缺欠，一则调查研究不够，情况摸排不准，容易犯主观臆断的错误；二则情绪导向严重，容易感情用事，缺乏理智思考；三是没有试点试验，一下子全面铺开，一发而不可收。

急制，是匆匆忙忙颁布制度，急制除了急断的弊端外，还会出现外溢现象，正所谓上面一条缝，下面一道沟，权力传导会导致刀俎越来越锋利，而鱼肉越来越柔弱，连一根阻挡刀刃的骨头都不会存在。当然，矛盾的积累也就越来越不可调和，孔子所说的“乱之原”也就会日渐扩展，酿成灾难。

历史上急断、急制的教训很多，最为典型的便是秦朝和隋朝的灭亡悲剧。秦始皇统一六国，本来应该稳定政权，休养生息，但却在法家治国的理念下做了许多急断、急制，尤其是迁徙六国贵族、残酷到极限和徭役、连坐等暴政制度的出台，直接引发了陈胜吴广所领导的农民起义，陈胜说得很有道理：今亡亦死，举大计亦死，等死，死国可乎？奔赴修长城路上的人发出这样的号召，说明法令的制定考虑不周，不能按期到达修长城工地的劳工，依律要杀头，这样做出的急制，没有考虑到下雨等不可抗拒因素，主客观原因不分，一律杀头，劳工们不肯坐以待毙，揭竿而起也就在所难免。

隋朝也如此，隋炀帝在大业八年到大业十年之间，发动了三次征伐高句丽的战争，史书记载最大一次动用兵力、人力五百万，东莱海口的工匠夜以继日地站在水中造船，有些工人腰以下生满蛆虫，大约五分之二的人因此死去。因为是急断、急制，隋军没有有效的兵力整合部署，缺乏战前的动员部署，绵延千里的大军挤满行军路，昼夜不停，疾病蔓延，死者相枕，可以说仗没开战，隋军已经失了士气。

孔子一生都主张不急不躁，说君子要讷于言而敏于行，这里的敏，不是做事要急就，而是应该勤勉。鲁国执政贵族季文子做事情喜欢“三思而后行”，他说：“再，斯可矣！”很显然，孔子是赞成做事情考虑周密一点的。考虑周密绝不是优柔寡断，定下来的事，轻易不要变，要言而有信，如果朝令夕改，那就是言而无信，治理国家在百姓中树立良好信誉至关重要，“徙木立信”就说明这个道理。

孔子认为从政要尊五美，去四恶，四恶之一就是“慢令至期”，什么是慢令至期呢？就是原本懈怠没有紧张的状态，突然间急断急制，提出难以完成的要求，然后一刀切严令按期完成，就好比上午下发通知，下午就要上报结果，连个落实的时间都不给，想个点子就是个点子，这便是孔子所说的恶政。急断急制一般源自君主心血来潮，像齐景公，精力充沛，好突发奇想，最终为齐国埋下了祸患。

君子应该努力做到处乱不惊，临危不惧，不能遇事就急断、急制。看到别人患病，自己不分青红皂白就大把大把吃药，甚至提出要多吃、快吃的口号，这种弱智表现甚至会出现在很多精英身上，其原因就是忽略了孔子君子不急断、不急制的告诫。急断易不周，急制后患多，君子懂得了这一点，再揣摩孔子那句老话：“无欲速，无见小利。欲速则不达，见小利则大事不成。”(《论语·子路》) 目标确立之后，一定要统筹谋划，协调推进，不骄不躁，善作善成。

6. 孔子与臧文仲

臧文仲是鲁国大夫，权势仅次于三桓，世袭鲁国司寇，在鲁国是四朝元老，博学而有才干，口碑甚好，上上下下好评如潮。应该说臧文仲做的几件事确实值得称道，一是外交有思路，邦交颇有成绩，二向齐国请求粮食援助，帮助国家度过了饥荒，三就是实行开放政策，废除关卡，发展商业贸易。臧文仲或许是自由贸易的鼻祖，他给鲁国的经济带来了活力。当然，最后这一点现如今仍存有争议。

那么，孔子为什么对臧文仲颇有微词，认为他“不仁”“不知”呢？据《左传·文公二年》记载，孔子批评臧文仲“不仁者三，不知者三”。“不仁者三”是“下展禽，废六关，妾织蒲”，“不仁”就是违反政治规矩，有悖为官之德，“不仁”是致命伤。“不知者三”是“作虚器，纵逆祀，祀爰居”。“不知”就是糊涂，一个大夫如果稀里糊涂，那就需要好好检讨了。

要想分清是非曲直，就必须把孔子说的六件事搞清楚。孔子向来主张“不以人废言”，如果不是原则问题上的冲突，孔子不会轻易下结论。

“下展禽”，就是不启用鲁国大夫柳下惠。子曰：“臧文仲，其窃位者与！知柳下惠之贤而不与立也。”《论语·卫灵公》是说臧文仲德不配位，明明知道柳下惠是个贤才却不启用。臧文仲为什么不启用柳下惠，史料没有更多记载，但柳下惠是个什么样的人却有史料可查，比如说他“直道而事人”，也就是说他性格耿直，原则性很强，大概因为这个倔强的性格因素导致他“三黜”，也就是三次被罢官。人们常说的性格决定命运，在柳下惠身上还真的验证了，他的性格在封建官场是混不下去的。

“废六关”，是撤掉收税的关卡，让人便利经商，当然，还有另一种说法是置六关，用来收税。我们这里姑且取废六关一说。如果这个记载属实，臧文仲这个做法就有些不讲政治了，涉及国家税收这样的大事，你臧文仲越权决策显然是不仁。

“妾织蒲”，是允许家人织席子来出售，与民争利。按理说自己的小妾在家搞点手工拿到集市上买卖，这是合情合理的事，但仔细想想问题却不那么简单，你位高权重，家人做的生意不愁不好，怀有各种目的明买实贿者不会少，这样一来，普通百姓的织蒲就没了生意可做，孔子反对这一点是有道理的，这与我们今天禁止领导干部家人经商办企业是一个道理。

三不仁里每一条都是政治问题，孔子并没有冤枉臧文仲。接下来说的三不知，虽然不是那么重要，但对于一个高官来说，也是很大的瑕疵。

“作虚器”，就是为养的大乌龟造华丽的房子。子曰：“臧文仲居蔡，山节藻棁，何如其知也？”（《论语·公冶长》）孔子说臧文仲养了一只叫蔡的大龟，给乌龟造的房子上有雕刻着像山一样的柱上斗栱和绘画着像藻一样的梁上短柱。依臧文仲的身份，养这样一个宠物并营造豪华房舍，显然有些过分，至少在老百姓那里带了个不好的头。别说在两千多年前的春秋时代，就是今天你花重金给自家宠物建个庙堂一般的豪华狗舍猫窝，也会被人所诟病，声色犬马，君子不为。

“纵逆祀”，即纵容担任宗伯的夏父弗忌变更享祀之位，升鲁僖公于闵公之上。夏父弗忌冬祭时要把鲁僖公的位次升到鲁闵公之前。这是不讲辈分次序的严肃之事，但臧文仲不加制止，显然有些昏昧糊涂。柳下惠认为夏父弗忌的做法既犯人道又犯鬼道，“能无殃乎？”后来夏去世下葬时，棺椁突然失火，也算应验了柳下惠的预言。孔子以这个例子来说臧文仲不知是说得过去的。

“祀爰居”，爰居是一只不知何处飞来的大海鸟，停在都城东门外有些日子，臧文仲安排人每天都去祭祀它，这样无端祭祀一只不知何处飞来的海鸟有点让人不可思议，当时好说实话的柳下惠就极力反对，认

为臧文仲治理政事太越礼了，祭祀是国家的大法，而法度则是政治成功的基础，所以要慎重地制定祀典作为国家的常法，你臧文仲带头无故增加祀典，这样下去怎么得了。今天想想也是，鲁国在内地，见不到大海，突然不知何处飞来了只怪鸟，是福是祸无人知晓，臧文仲派人祭祀无非是祈福避祸而已，这里有时代认识的局限性，但柳下惠指责并无错，至少这种祭祀没有根据。很显然孔子是赞同柳下惠观点的，觉得臧文仲这种做法不够明智。

不知即不智，也就是不够聪明，从孔子列举的三件事来看，臧文仲的确有些事做得糊涂，如果是常人也就罢了，但你是鲁国执掌大权的高级干部，就像曾子所说的，“十目所视，十手所指，其严乎？”(《大学》)

总之，孔子对臧文仲的评价不受定论所限，通过自己的分析得出独到的看法，这一点值得后人学习。孔子是一个有原则的人，不因为别人说好，就人云亦云，也不因为别人说不好，就跟着声讨，他一定是在经过一番走脑走心的分析之后，才提出自己的观点，这观点自然就增加了分量。当然，我们不能说孔子的观点就绝对正确，但孔子从事实出发来评价人的方法很可取，而如今有些人，仅仅凭印象或别人的传言，就对一个人妄下结论，这种结论只能轻飘飘变成别人的耳旁风。

7. 孔子梦周

孔子梦周公顺理成章，因为孔子一直以周公为榜样，一直在弘扬周公的思想主张。正因为如此，孔子梦是有边界的，绝非信马由缰。周公思想主张的核心是礼，礼是格物的工具，社会进步需要礼的规范、细化和发挥。孔子梦，说到底是礼之梦。

可以这样理解，孔子梦周公，实际是在和灵魂对话。因为相差五六百岁，孔子并没见过周公，在那个没有音像的年代，孔子对周公的形象认知是模糊的，但对周公的丰功伟业却是清晰的。《尚书·大传》对周公功绩记载十分清楚："一年救乱，二年克殷，三年践奄，四年建侯卫，五年营成周，六年制礼作乐，七年致政成王。"

孔子梦周公，是一个精神孤独者与灵魂的对话，因为除却自己的弟子，孔子无人可以交流。孔子在得意之时，会梦到周公，反之，在失意的时候，却梦不到周公，在潜意识里他觉得愧对周公。

有人说梦与现实总是相反的，之所以得出这样的结论，是因为梦与现实往往存在巨大的反差。这不能责怪现实，问题在于梦过于“高大上”。很多人把现实中实现不了的期望，统统打包快递到梦里，这样的梦便会负荷过重，将梦醒之人压出抑郁来。孔子不是这样，历史中没有记载孔子因为梦而抱怨，孔子梦是与周公冥冥之中对话的梦。

如果给孔子梦做个概括的话，至少可以做这样一个梳理。梦之主题是仁。仁是孔子思想的核心，是一个内含极为丰富的概念，它实际是君子修为的目标。在孔子心目中，国家层面的仁，应该是周公提出的“敬德保民”和“明德慎罚”。周公的明德是道德教化，认为国家制定并使用刑罚并不是单纯为惩罚人，而是为了劝民为善，防止犯罪。这与孔子说的“道之以政，齐之以刑，民免而无耻；道之以德，齐之以礼，有耻且格。”（《论语·为政》）是一个道理。周公是仁政思想的实施者，他将“保民”置顶，主张“民之所欲，天必从之”，周公的弟弟康叔受封朝歌，那里是商都，商朝灭亡的前车之鉴就在那里，周公便主持起草了《康诰》《酒诰》《梓材》三篇文告，既是给康叔的法则，又是具有普遍意义的施政纲领。《康诰》的主旨是安定殷民，旧朝已灭，殷民不能虐待杀戮；《酒诰》针对殷民饮酒成风旨在移风易俗，节省粮食；《梓材》强调“明德”，作为一方诸侯要恪尽职守，敬业保民。

梦之情节是礼。可以想象，孔子在梦里一定也是中规中矩，没有任何无礼之举。周公对后人最大的贡献是“制定礼乐”，王国维先生在《殷商制度论》中说周礼至少有三点别于殷商：“周人制度之大异于商者，一曰立子立嫡之制，由是而生宗法丧服之制，并由是而有封建子弟之制，君天子臣诸侯之制。二曰庙数之制。三曰同姓不婚之制。”孔子对周公顶礼膜拜，很大程度是迷恋周公制定的礼乐。贾谊评价周公：“文王有大德而功未就，武王有大功而治未成。及成王承嗣……故曰有成承武王之功，奉扬文王之德。”(《新书·礼客语》) 周公集大德大功大治于一身。正如清末民初学者夏曾佑《中国古代史》第一篇第一章第二十八节所述：“孔子之前，黄帝之后，于中国有大关系者，周公一人而已。”这一评价很大程度上也是指周公在礼制方面的贡献。其实，现代大多数人也还在自觉不自觉遵守周公规定的礼制，比如男女最好婚前不发生性行为，这便是周公定下的规矩，后来人们把夫妻间房事称为“周公之礼”。

梦之旋律是乐。将音乐作为礼制的重要内容应该始于周公。由周公编排的歌颂武王伐纣克商获得胜利的乐舞《大武》，让孔子如醉如痴。《大武》是诗、歌、舞三位一体的综合艺术，分为六章，表演时既要唱歌诵诗，又有伴舞。周公对演出仪制、祭祀对象、服饰道具、乐歌宫调和舞者身份、演出场合都做了明确的规定。《大武》歌舞的第一首歌诗是《武》，歌词是：“於皇武王！无竞维烈。允文文王，克开厥后。嗣武受之，胜殷遏刘，耆定尔功。”第二首歌诗是《酌》，叙述武王伐商的经过。第三首歌诗是《赉》，以武王的口气演唱，抒发励精图治的豪情。第四首是《般》，叙述武王南巡的行迹。第五首是《时迈》，以周公、召公分治为背景，表现马放南山，刀枪入库的太平景象，以及武王对黄河高山的祭祀。第六首歌诗是《桓》，全文如下：“绥万邦，娄丰年。天命匪解，桓桓武王。保有厥土，于以四方，克定厥家。於昭于天，皇以间之。”六大乐章有开有合，有过渡，有高潮，是真正高大上的宏观叙事之作。可以肯定地说，《大武》《韶》这些宫廷音乐，构成了孔子梦的主旋律。

如果要探究孔子梦的底色：或许是黑红色。孔子喜欢黑红两种颜色，主张“君子不以绀緅饰，红紫不以为亵服”（《论语·乡党》）。对“恶紫夺朱”深恶痛绝（即厌恶紫色取代红色的意思，古人认为紫色为杂色），这当然不是孔子梦周的主要内容了。

8. 如何看景公问政

齐景公问政于孔子。孔子对曰：“君君，臣臣，父父，子子。”(《论语·颜渊》) 齐景公对此大加赞赏。那么，孔子回答的这八个字有什么深层含义呢？

回答这个问题，要搞清楚君君、臣臣、父父、子子指的是什么。这八个字用白话说出来就是君有君的样子、臣有臣的样子、父有父的样子、子有子的样子。在搞清楚这八个字的基本含义后，我们再看这八个字的排列，君在前，臣在后；父在前，子在后，一般来说，前面的是条件，后面的是结果，这样答案就出来了：一个国家里，君像君是臣像臣的前提，如果君不像君，臣子就很难安分守己了，君一定要给臣做榜样。同理，一个家庭中，父亲像父亲的样子，做儿子的自然潜移默化，受到熏陶，也就会儿子像儿子，尽儿子应有的孝道。反之，如果父亲行为失范，多有不良嗜好，儿子必然会耳濡目染，变得子不像子。孔子用国和家两个主次关系来阐述施政之道，这是有其时代背景的。春秋时期，国是大家，家是小国，家国之说由此形成，孔子从宏观和微观两个方面来阐述施政之道，言简意赅把要害说清了。

那么，孔子说的要害是什么呢？简单来说就是一个字：礼。

《礼记·曲礼上》：“道德仁义，非礼不成；教训正俗，非礼不备；分争辨讼，非礼不决；君臣上下，父子兄弟，非礼不定；宦学事师，非礼不亲。班朝治军，莅官行法，非礼威严不行；祷祠祭祀，供给鬼神，非礼不诚不庄。是以君子恭敬撙节退让以明礼。”《左传·昭公二十五年》：“夫礼，天之经也，地之义也，民之行也。”孔子在教育孩子时说：“不学礼，无以立。”（《论语·季氏》）看了这些文献后，我们就不难明白孔子所言的要害了，君臣父子四种关系的分与定，离不开礼，没有礼，就失去了君像君，臣像臣的标准。封建社会是个礼法社会，非礼、无礼、逾礼都是大忌，礼是人与人、人与社会、人与自然、人与神灵行为的必要规范。

“克己复礼”是孔子一生的梦想，他甚至用“克己复礼”来给自己的思想核心“仁”下定义。很不幸孔子遇到了一个礼崩乐坏的时代，他在《论语·季氏》中说：“天下有道，则礼乐征伐自天子出；天下无道，则礼乐征伐自诸侯出。”春秋时期，恰恰“礼乐征伐自诸侯出”，这就是后来孟子说的“春秋无义战”。孔子周游列国十四年，从五十四岁，周游到六十八岁，但屡屡碰壁，政治抱负无法实现，只能回到故里在整理古籍中度过余生。所以，孔子特别渴望出现一个秩序分明的社会局面，让君臣父子在人生的舞台上各自扮演好属于自己的角色，不僭越，不错位，不混淆，等级依次，礼乐清明。孔子虽然没有实现政治梦想，但他对礼的弘扬却影响深远。他在鲁国国史的基础上编撰的《春秋》，体现出礼的精髓要义，把那些弑君、乱政、非义战的乱臣贼子一个个记录在册，供后人鞭挞，使后来的帝王臣子十分忌惮春秋笔法，唯恐在史册中留下千古骂名。正因为这种作用，孟子才有了“孔子作春秋，而乱臣贼子惧”的说法。可以说，孔子以另一种方式让礼发挥了法的震慑作用。

齐景公是个具有矛盾性格的国君，在位长达五十八年，一方面他宏图大志，能任用晏婴这样的名相治理国家，另一方面他贪图享乐，“好治宫室，聚狗马，奢侈，厚赋重刑”，用今天的话说，就是喜欢盖高楼大厦，养名狗名马，讲排场，对国民屡屡加税，施以重刑。这样一个国君自然不希望受到礼制约束，因此，虽然他认识到了孔子所言的正确性，也赞同孔子的礼制思想，但不会去付诸实施。齐景公首先想到的是自己，他是这样说的：“善哉！信如君不君，臣不臣，父不父，子不子，虽有粟，吾得而食诸？”

(《论语·颜渊》) 意思是:“好极了。若是君不尽君道，臣不尽臣道，父不尽父道，子不尽子道，纵使有粮食，我哪里吃得到呀！”齐景公不顾礼制，废长立幼，死后儿子们争夺王位，最终导致齐国“断其嗣”，这不免让后人唏嘘，若当初景公把听不进去的圣人之言付诸实践，齐国的历史必然改写。

9. 孔子怎样破解困局

《论语·子罕》中有这样一段文字——子畏于匡，曰：“文王既没，文不在兹乎？天之将丧斯文也，后死者不得与于斯文也；天之未丧斯文也，匡人其如予何？”这段话往往被人所忽略，认为这是孔子被围困时的无奈感慨，其实，孔子这段话表示的是一种信念，他想说的是：信念无敌。

孔子遭遇的这场困局有点滑稽，匡人曾经受过鲁国大夫阳虎的祸害，对阳虎恨之入骨，孔子周游列国走到匡地，因为孔子与阳虎长相相似，匡人误认为路过的是仇敌阳虎，便把他围困起来，不让他们走。饥渴交困的孔子面临十分危险的境地，对此，孔子才说了上面一段话：文王死了以后，传承周代的礼乐文化的担子不在我身上吗？如果老天要灭亡这种文化，那后人就不可能掌握这种文化了；老天若不想要灭亡这种文化，那匡人能把我怎么样呢？

我想，孔子这段话至少表达了三层意思，一是象征着前贤文明的周代文化不能亡；二是老天会眷顾那些担负历史责任的人；三是恐惧解决不了问题，与其战战兢兢，不如从容面对，保持君子豁达，福祸任由之。

孔子一生还有两次大的困局，一次是历史上有名的“陈蔡之厄”，也就是“在陈绝粮，从者病，莫能兴”(《论语·卫灵公》)。说的是孔子率众弟子周游列国，在陈地与卫灵公话不投机，动身南下，被陈国和蔡国的人围困在郊外路上，结果粮绝人病，不能行走，这便是历史上有名的孔子“陈蔡之厄”。面对困厄危险孔子不动声色，他讲习诵读，演奏歌唱，传授诗书礼乐毫不间断，哪怕弟子子路抱怨他也不多做解释，与此同时，他派子贡去楚国向楚昭王求救，楚昭王兴师动众来接应，陈蔡之困得以解除。在这件事上，孔子的沉稳稳定了人心，与个别弟子谈话达成了共识，派善于经商的子贡出使楚国用对了人，这是陈蔡困局得破的主要原因。还有一次困局是孔子在鲁国当大司寇摄相职时，齐国为了离间鲁国君臣，给鲁国送去美女八十名，良马九十六匹，这在今天看来等于给鲁国送去一个“偶像女团”，鲁定公和季桓子果然经不起诱惑，日夜沉湎于此，歌舞作乐，导致朝政荒废，君臣隔阂。孔子劝说无效，最后选择了离开。这件事中孔子选择离开无疑是正确的，符合他说的“邦有道则仕，邦无道则隐”的一贯思想，因为孔子如果贪恋权势继续留任，后果就很难预料了。三次困局，孔子采取了三种不同的态度和方法来破局，从中我们不能难看出，孔子破解人生困局的态度既坚定又灵活，有朴素辩证的思想在其中。

我们常说，打死犟嘴的，淹死会水的，都说明了这样一个道理，困局中要通变理、知进退。明知不可为而为之是为不智，历史上糊里糊涂陷入困局不能破局者举不胜举，轻者贻误良机，重者搭上了身家性命，有人对清末重臣曾国藩不吝赞赏，原因就是这位大权在握的人物极善于做局，更善于拆局、破局，最后得以善终。

读史为了鉴今。人的一生会深陷大大小小各不相同的困局，如何去应对，怎样来破局，孔子的做法无疑值得借鉴，总结孔子破局的经验并用现在的语言表述，就是只要做到以信念为压仓石，以安危为风向标，以随机应变为方略，保持定力，审时度势，做到“是虽常是，有时而不用；非虽常非，有时而必行”，《尹文子·大道上》就能化险为夷，摆脱困局。

二、经济篇

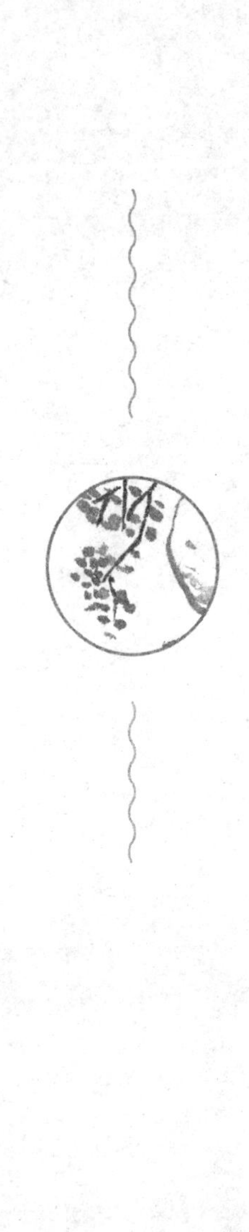

1. 君子爱财，取用有道

很多人认为孔子不齿于谈论财富，圣人嘛，怎么能谈论俗事？西晋名士王衍标榜清廉，自己兜里从没装过钱，也装出一副对钱嗤之以鼻的样子，很可惜他成不了圣人，因为身为高官的他哪里还用自己破费？不仅自己不用破费，随从门客也跟着借光，乾隆下江南不就是一个例子吗？但孔子不是，孔子认为“君子疾夫舍曰欲之，而必为之辞”（《论语·季氏》）。就是说君子痛恨那种不肯实说自己想要那样做，而又一定要找出理由来为之辩解的做法，孔子不仅谈论财富，而且表现出对财富的浓厚兴趣。

“富与贵，是人之所欲也；不以其道得之，不处也。贫与贱，是人之所恶也；不以其道得之，不去也。”（《论语·里仁》）这段话的意思是：富贵是每个人都渴望得到的，如果用不正当的手段去得之，不会长久；贫贱是人人所厌恶的，如果用不正当的手段去之，不能真正去之。这就引出了一句大家都知道的话：君子爱财取之以道。孔子又说：“富而可求也，虽执鞭之士，吾亦为之。如不可求，从吾所好。”（《论语·述而》）孔子认为，如果财富的获得符合道，就是给人去赶车这样的“鄙事”，他也可以去做，孔子自己就做过仓库保管员，挣一份俸禄养活自己，这没有什么可丢人的。但是，如果“不义而富且贵，于我如浮云”（《论语·述而》）。可见，孔子的财富观是建立在道德观基础之上的。

孔子认为，财富是用来修身养德的，取之有道的财富与君子的修为并不矛盾，两者完全可以相统一。“仁者以财发身，不仁者以身发财”（《大学·第十一章》）什么意思？是说有仁德的人用财富来发展、成就身心，没有仁德的人则耗费身心去聚敛财富。这里，并不是说辛辛苦苦去赚钱有什么不好，重要的是你一旦有了财富要去做什么。是“竞豪奢”攀比斗富、穷奢极欲，还是仗义疏财，热心公益。现实生活中某些烜赫一时的土豪纷纷落魄就是这个道理，媒体报道某某富豪，昨日还娶明星、办豪宴，香车宝马，威风八面，今日就资不抵债，失去自由，这种结果在他攫取财富当时就已经在悄悄发酵，因为他对财富“取之无道，用之失道”，怎么能不败？

孔子主张在获得财富方面要抓住机遇，有所作为。“邦有道，贫且贱焉，耻也；邦无道，富且贵焉，耻也。”（《论语·泰伯》）国家政治符合道的时候，也就是政治清明、经济繁荣的时候，要以贫贱为耻；国

家政治不符合道的时候，也就是政治腐败、贪污贿赂成风的时候，要以富贵为耻。我们先不说后一句，单说前句，孔子的主张很清楚，国运昌盛，政通人和，各方面法律政策允许，你该发财就发财，这个时候你不去创造财富，应该引以为耻。所谓“死生由命，富贵在天”，这里的天，就是机缘环境，就是大势，你抓住机遇乘势而上，就是“顺天”。

对于财富的积累，孔子的观点是“放于利而行，多怨”(《论语·里仁》)，也就是说积累财富不能一概以逐利为目的，不能一切只为了自己的私利，那样会招来怨恨。现实生活中就是这样，谁也不愿意与一个自私自利的人做生意，有钱大家赚，和气生财，人一旦眼里只有钱的时候，钱便会离你远去，因为钱是人带来的，人都因对你“多怨”而离去，钱又怎么留得下？

孔子不仅自己不排斥财富，他在传道授业解惑中也一定包含了自己的财富观，这一点，从他的弟子、成名商人端木赐身上就可以看出来。端木赐，字子贡，曾任鲁国、卫国之相，深谙经商之道，曾经在曹、鲁两国经商，积攒财富无数，是孔门弟子中首富，孔子称其为“瑚琏之器”，也就是有实用价值的人才。端木赐人品极佳，孔子去世后别的弟子守孝三年，端木赐在孔子墓旁搭了个草屋，一住就是六年；

端木赐善于诚信经商，“端木遗风”被后人广为推崇，司马迁在《史记·货殖列传》中对他作了介绍。应该说端木赐是个得到孔子真传的人，作为“孔门十哲”、孔子“授业身通”的弟子，他的财富观不可能不受到老师的熏陶。换个角度思考问题，如果孔子对经商有偏见，何以教育出端木赐这样的商界巨头？后人妄议孔子，说孔子瞧不起工农商，这实在是误会，孔子幼年家贫，生活艰难，对底层生活感同身受，怎么会轻农贱商？只要符合道，人人可以求得财富，人人可以成为君子。

孔子的财富观，简单地概括就是：财富可求须合道，财富可积不失道，财富可用须弘道。

2. 礼之本，在尚俭戒奢

对孔子有些研究的人大都会有这样一个印象，孔子是个十分讲究的人，比如他讲究美食，说“食不厌精，脍不厌细”(《论语·乡党》)，什么肉切得不好不吃，颜色不好不吃，没有酱汁也不吃，反正讲究不少。除却美食，孔子在坐姿、服饰、礼仪等方面，也主张按规矩办事，有“席不正，不坐”的名言，让人觉得规矩过于苛刻。大概正因如此，诸子百家中的代表人物墨子就批评儒家过于讲究繁文缛节，办事麻烦，把大量时间都用在了程序上，不值得推广。

那么，事实果真如此吗？我们不妨翻开《论语·子罕》一篇，文中是这样写的：“麻冕，礼也；今也纯，俭。吾从众。”这段话译成白话文是这样的：用麻布制成礼帽，是符合周礼的，今天，人们代之用黑丝制成的礼帽，是节俭的表现，我服从和接受人们的做法。简单的几句话，给我们的思考是多方面的。

首先，孔子一生都主张尊崇周礼，为何在重要的礼冠问题上会妥协？他曾经大发感慨：“郁郁乎文哉，吾从周！”(《论语·八佾》) 大家也都知道孔子一生都在笃行克己复礼。那么，周礼中规定的麻冕是举办礼仪活动时最重要的装束，孔子为什么会轻易地破了规矩呢？其次，黑丝做的礼帽到底与麻冕有多大的区别？老百姓为什么会舍弃麻冕而选择纯冕？由此，我们不能不分析一下个中原因。如果纵向考证孔子的思想发展，我们不能难得出结论，孔子是个注重节俭的人。他提出政府要“节用而爱人”，提倡“温良恭俭让”，他重道而轻物，重人而轻财，虽然他不反对富与贵，但富与贵与追求的道比起来则无足轻重。他夸奖颜回：“一箪食，一瓢饮，在陋巷，人不堪其忧，回也不改其乐。贤哉回也！”（《论语·雍也》）他认为“君子食无求饱，居无求安”（《论语·学而》）只要敏于事而慎于言就是好学了。他还说过：“饭疏食饮水，曲肱而枕之，乐亦在其中矣！不义而富且贵，于我如浮云。”（《论语·述而》）这句话的意思是：吃粗茶淡饭，弯臂当枕，乐趣也就在这中间了；用不正当的手段得来的富贵，对于我来讲就像是天上的浮云一样。孔子认为能“尊五美、屏四恶”是从政的必要条件，这五美即“君子惠而不费，劳而不怨，欲而不贪，泰而不骄，威而不猛。”（《论语·尧日》）五美之首就是“惠而不费”，可见孔子不主张奢华，用今天的话说是反对搞形象工程和虚假的政绩工程。这些大家耳熟能详的名言中就包含着清晰的节俭观。

其实，让孔子做出让步的理由很简单：经济实惠。麻冕的优缺点是显而易见的，优点是原料充足，家家可种能织，不漂不染，本色即可；缺点是经粗纬糙，织成品大概像那种更生布一般十分厚重，夏季黄河流域炎热难耐，让人戴着厚厚的麻冕出席各种礼仪活动，如同戴着棉帽子一般无疑是很遭罪的，那么透气便捷的纯冕自然就受到了百姓的欢迎。更重要的是，纯冕比麻冕要便宜，否则孔子不会用一个“俭”字来评价。由此，我们不难得出结论，孔子是以节俭观作为考量事物标准出发点的，假若纯冕比麻冕奢侈，孔子绝不会苟同，因为尚俭去奢是孔子重要的价值观。

由孔子的节俭观观照当下，我们会发现有些人的做法明显有悖圣人之言。凡事都强调高大上，不惜成本造势，靠珠光宝气打场子，难去“暴发户”的习气，在国内受人诟病，在国外令人侧目，他们忘了很重要的一点：俭朴，才是大美。

3. 君子远庖厨的真义

一般看来，儒家是强调以人为本的，对生态似乎不感兴趣，因为强调了人，那么其他一切就要服务、服从于人，也就是“万物皆备于我”。但是，这个结论显然是片面的，事实上，孔子之所以有“至圣”之称绝非浪得虚名，他在方方面面都有超常的思想，这其中就有生态问题，在生态问题上，孔子的思想已经超越了农耕时代的局限。

为什么这么说呢？我们可以看看《论语·述而》：“子钓而不纲，弋不射宿。”纲，就是横在河面上的大绳索，在这种网绳上拴住网，河里大鱼小鱼只要顺流而下者，就会一网打尽。宿，是归巢的鸟，用箭射鸟，要有所选择，归巢之鸟就是倦鸟，辛苦寻食了一天，在回家时你一箭射下来，这就有些冷酷了。孔子这样说是在告诉人们，对动物要心存仁爱，不可滥捕滥杀。宋代大儒洪兴祖解释说：“孔子少贫贱，为养与祭，或不得已而钓弋，如猎较是也。然尽物取之，出其不意，亦不为也。此可见仁人之本心矣。待物如此，待人可知；小者如此，大者可知。”

王夫之《四书训义》曰："以万物养人者，天地自然之利，故钓也弋也不废也。钓不必得而纲，则竭取；弋劳于得而射宿，可以命中。不尽取者，不伤吾仁；不贪于多得，而弃其易获者，不损吾义。"这段话把孔子的想法分析得很到位。"不尽取者，不伤吾仁"和《礼记·王制》中记载的"昆虫未蛰，不可以火田。不麛，不卵，不杀胎，不殀夭，不覆巢"是一个道理。当然，孔子的思想也不是没有渊源，"为人君而不能谨守其山林菹泽草莱，不可以立为天下王"(《管子》)，这是很多诸侯都认同的生态原则。

大家都知道孔子有"君子远庖厨"这句话，是孔子看不起厨子吗？回答显然是否定的，孔子是对杀生有所忌讳，孟子的解释是："见其生，不忍见其死，闻其声，不忍食其肉，是以君子远庖厨也。"(《孟子·梁惠王上》) 这里面体现的是恻隐之心、万物有灵，是一种朴素的悲悯情怀和恩及万物的大爱。其实，这种思想说到底还是生态上的相互依存、和谐共生问题。

孔子在丧葬上主张"不封不树"，很多人仅仅将其理解为厚养薄葬，其实，孔子这个主张也有生态含义。封，就是筑坟，树就是栽树，在春秋战国时期，人们重视祭祀，不会把故去的亲人埋到山野里，那样不但祭祀不便，也有对故人不敬之嫌，埋葬到熟

地（耕地）里是讲究的做法，而这样一来，就要占用耕地了。生老病死是常事，如果提倡“封”和“树”，那么，坟茔就会越来越多，不断蚕食农田，出现死人与活人争地盘的状况，如果持续下去，满地坟丘就成了生态问题。

关于孔子对动物的保护有这样一则故事，就是“西狩获麟”。鲁哀公带领臣子到城西大野（现今巨野县）一带打猎，孙叔氏的车夫鉏商射中了一头怪兽，人们不知道这是何物，便去请教孔子，孔子一见便认出这是麒麟，是传说中的天下第一仁兽。孔子当时就落泪了，伤心不已，这便有了著名的获麟垂泪典故。人以类聚、物以群分，孔子悲怜之情可想而知，他让哀公将麒麟带回去疗伤，不想麒麟宁死不肯苟活，很快就绝食而死，据说现在山东巨野县还有麒麟镇、麒麟冢。孔子因为伤心，自此搁笔不再写作，这也是很多人感到遗憾的事。

人们都知道孔子编撰《诗》，而且要求弟子要学《诗》，为什么学《诗》？孔子有这样一条理由，就是“多识于鸟兽草木之名”，这就是在强调生态知识的重要性了。《诗》是自然与社会的百科全书，据潘富俊《草木缘情：中国古典文学中的植物世界》一书统计，《诗》中提到了百余种植物。这个数字对于古人来说，就是难得的知识点了，古人对学问的追求主要是博学，孔子能认出一些别人不知道的东西，比如防风氏的巨骨、肃慎族的短箭，这都是因为孔子博闻强记、不耻下问。在孔子那个时代，除却治国理政所需的礼之外，最重要的知识就是认识自然了，而《诗》恰恰就提供了一本难得的教材。

孔子“迅雷风烈，必变”，最能说明圣人对大自然的敬畏之心。我们打雷刮风，这是自然之变，人力不能左右，对此，人们应该有所敬畏，而不是一味对抗，幻想着人定胜天。人们向大自然掠夺的东西，总有一天，大自然会成倍讨回去，这是自然平衡的天道所定，因此，人类不能盲目自大，在存在了亿万年之久的宇宙和地球眼里，人类之微小恍若浮尘，敬畏自然其实是一种明智的自保。比如说打雷时牧民不到草原上放牧，这是用生命换来的生存经验，因为雷雨天气到大草原上活动，恰好会成为雷殛的活靶子。

孔子有一句话许多人都耳熟能详，即“知者乐水，仁者乐山；知者动，仁者静；知者乐，仁者寿”。(《论语・雍也》) 孔子对人的评判和自然山水联系起来，说明孔子心中有山，眼中有水，是热爱自然的表现。像青山一样宁静稳健，像流水一样欢快喜悦，这是像自然学习的一种境界。

孔子曾感叹：“山梁雌雉，时哉时哉！”(《论语・乡党》) 这是从山冈上野鸡自由自爱的情景中得到人生的感悟，人也要像雌雉一样，“得其时”，如果不能做到这一点，就会成为时代的弃儿。可见，孔子的生态悲悯情怀，是人与自然融为一体的整体发展观，这种观点超越了时代局限，将人类的命运同环境的命运紧密联系在了一起。

三、治学篇

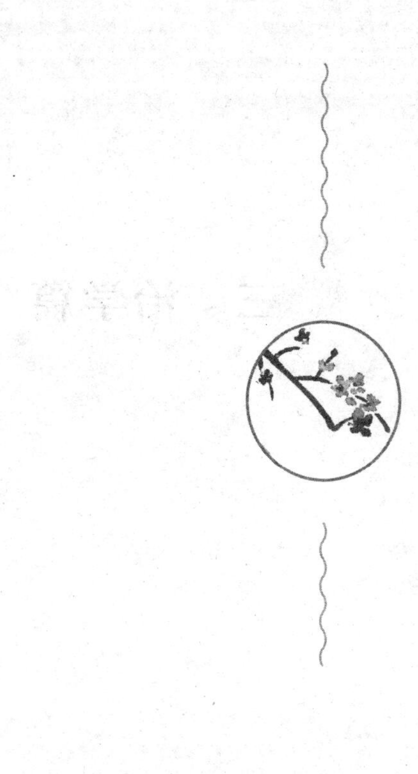

1. 由道统乐，以乐体道

很多人在欣赏音乐方面有些茫然，一场室内古典音乐会下来，感到一头雾水，说不出美妙，也提不出问题。这也难怪，对于非专业人士来说，想吃透那些音乐大师的经典之作不是件容易事。我在观看一场室内音乐会时，注意到台上四个年纪不小的乐手在钢琴伴奏下吹奏单簧管，四位音乐家很卖力气，摇头晃脑，脸都憋成了西红柿，但台下的观众却交头接耳，没有进入状态。出现这种情况一方面是举办者在曲子的选择上没有考虑观众欣赏习惯，把一盘上好的西餐端给了希望吃麻辣烫的大哥大嫂，另一方面就是观众缺少必要的音乐欣赏知识积累。那么，对于一般观众来说，应该怎样欣赏音乐呢？这个问题，两千多年前的孔老夫子已经给我们指出了一条路，只是这条路被很多人忽视了。

《论语·八佾》记载，子语鲁大师乐，曰："乐其可知也，始作，翕如也；从之，纯如也，皦如也，绎如也，以成。"

孔子想告诉鲁国乐官一个什么道理呢？演奏或欣

赏音乐是可知的，这里的“可知”权且说是欣赏，开始演奏的时候，要开合协调，接下来，要注意美好的主题，明亮的格调和优美的旋律，这样演奏（欣赏）就成功了。

事实上，直到今天我们欣赏音乐也没有离开孔子所指的路径。一首曲子好不好，音乐想表达的思想是不是纯洁美好，演奏者合作怎么样？是不是开合协调等，仍然是绕不过的关键问题。一首曲子表达的主题思想如果颓废消极，很难说它好，人们欣赏音乐是为了审美，而不是来获取绝望和沮丧。当然，并不是说悲怆的乐曲就不好，在悲怆中传递力量不叫颓废。“皦如”强调的是格调，音乐的格调就像人之秉性，如果与之相处能感到赏心悦目、神清气爽，这种格调一定是高雅的，如同夜晚仰望明月，享受的是皎洁而不是晦暗，音乐“皦如”的魅力自然就焕发出来了。再就是旋律，旋律是否优美动听非常重要，再灵动的思想，再鲜明的格调，如果不通过优美动听的旋律来演绎也达不到好的效果，这就是孔子强调的“绎如也”。孔子之所以重视乐的教化作用，目的就是看重这个“绎”的过程，乐需要的是和谐、协作和整体作用的发挥。一个成功的合唱团，不能各唱各的调，各吹各的号，要有指挥，要有分工，要突出重点，否则演出无法成功。孔子认为懂得乐之真谛的人，也就具备了

齐家治国的基本思想，这也是儒家为什么把关于乐的论述称为经的原因，只可惜《乐经》早已失传。

孔子欣赏音乐还特别注重对音乐背景的了解。他在观看《武》之舞时，就很准确地说出了《武》舞乐的背景。前文曾提过，《武》原是周公为武王伐纣灭商而编排的歌舞，如同今天庆功晚会上的团体操，后来，周公将其固定下来，变成了一种制式演出。孔子在洛邑观看《武》，是周新王登基，这个时候离周公治国时代已经有五六百年，能通过一个乐舞来还原武王伐纣的历史并不是件容易之事，如果对音乐背景不了解，热热闹闹看过也就过去了。

孔子欣赏音乐有一个特点，一定要把一支曲子悟深吃透。他在跟师襄子学《文王操》这首鼓琴曲时，“十日不进”，师襄子说可以了，学习新的曲子吧，但孔子不同意，孔子说，自己只是学会了曲子，还没有掌握方法，过了段时间，师襄子认为可以学习新的，孔子认为他还没有领会意境；再过了些时间师襄子又劝，孔子说自己还没了解作者，最后，孔子经过思索感悟，悟出这首曲子的作者是周文王。孔子甚至悟出了周文王“黯然而黑，几然而长，眼如望羊，如王四国，非文王其谁能为此也？”(《史纪·孔子世家》)可见，孔子学习和欣赏音乐绝不浅尝辄止，一定要用心感悟，品味其真谛。

2. 智者乐水，仁者乐山

春游是青少年的最爱，很多学生在尽享春游的欢乐时，却不知道这一习俗是孔子留下的，如果孔子不倡导这样一种青少年感春的方式，后人便不会约定俗成在春天里到郊外去感受一番春天的气息。

孔子倡导春游时已经是老夫子，但他还是能站在学生的角度来感春和赏春。《论语》中这样记载："暮春者，春服既成，冠者五六人，童子六七人，浴乎沂，风乎舞雩，咏而归。"这段话不是孔子说的，是孔子学生曾皙所言。当时孔子与子路、曾皙、冉有、公西华在一起聊天，每个人谈谈自己的理想。曾皙说了这样一段话，大意是，暮春时节，春耕农活结束，和五六个成年人，六七个小孩子，到沂水里玩耍，在舞雩台上吹吹风，然后唱着歌回家。曾皙说完后，孔子说"吾与点也。"意思是我赞同曾皙的想法呀！

孔子为什么赞成曾皙的想法？这是因为曾皙说出了孔子一贯的思想：悟道需要身体力行。

春游，不是简单地出去看看风景，而是通过对春天的观察有所感悟。春天，万物生发，对于教授弟子的孔子来说，是实践教学的好时机，抓住这样的时机来感悟修身之道，是一件再好不过的事情，曾皙的说法与他不谋而合，他当然要赞成曾皙了。

在孔子眼中，春游最好去有水的地方，曲阜周边的沂水、泗水，都是孔子常去的地方，这是因为孔子见到水总能引起思考。

孔子在吕梁山游览，看见瀑布有几十丈高，水沫流出四十里，鼋鼍鱼鳖也不能游动，却看见一个男人在水中，孔子以为是个想寻短见的人，便叫弟子顺着水流去救他。谁知人家就是一个戏水的当地人。孔子就问："吕梁瀑布有几十丈高，水沫流出四十里远，鼋鼍鱼鳖也不能游动，刚才我看见你却在水里面自由自在地游泳，我以为你是鬼怪，但仔细看你，仍然是人，请问游泳有道术吗？"那人说："没有，我没有什么道术，我从这里水的流势起步，顺着水流本性起伏，不知不觉就成功了，与漩涡一起进入水流的中心，与涌出的流水一起浮出水面，顺从水的流动方向而不另出已见，这就是我游泳的方法。"孔子问："什么叫从这里的条件起步，顺着水的本性成长，不知不觉就成功了？"那人说："我生在山区就安心住在山上，这就是从这里的条件起步；长在水边就安心住在水边，这就是顺着水的本性成长；不知道我为什么会成功却成功了，这就是不知不觉的成功。”（参见《庄子·外篇·达生》）这个故事对孔子启发很大，不到生活中去，就体会不到君子遵守规律、坚守原则、随机应变的道理。

《论语·雍也》：“智者乐水，仁者乐山；智者动，仁者静；智者乐，仁者寿。”既然仁智之人喜爱山水，那么，青少年就应该创造更多机会走进大自然，亲近大自然，像孔子游览吕梁山上所见所闻一样，会悟出许多人生道理。

孔子逢水必观。《荀子·宥坐》记载：子贡问于孔子曰：“君子之所以见大水必观焉者，是何？”孔子曰：“夫水，遍与诸生而无为也，似德。其流也埤下，裾拘必循其理，似义。其洸洸乎不淈尽，似道。若有决行之，其应佚若声响，其赴百仞之谷不惧，似勇。主量必平，似法。盈不求概，似正。淖约微达，似察。以出以入，以就鲜洁，似善化。其万折也必东，似志。是故君子见大水必观焉。”这段话的大意是：子贡问：“君子见到大水为什么一定要仔细观察呢？”孔子说：“水呢，能够启发君子用来比喻自己的德行修养啊。它遍布天下，给予万物，并无偏私，有如君子的道德；所到之处，万物生长，有如君子的仁爱；水性向下，随物赋形，有如君子的高义；浅处流动不息，深处渊然不测，有如君子的智慧；奔赴万丈深渊，毫不迟疑，有如君子的临事果决和勇毅；渗入曲细，无微不达，有如君子的明察秋毫；蒙受恶名，默不申辩，有如君子包容一切的豁达胸怀；泥沙俱下，最后仍然是一泓清水，有如君子的善于改造事物；装入量器，一定保持水平，有如君子的立身正直；遇满则止，并不贪多务得，有如君子的讲究分寸，处事有度；无论怎样的百折千问，一定要东流入海，有如君子的坚定不移的信念和意志。所以君子见到大水一定要仔细观察。”

老子称赞水有七德，孔子誉水有五德，皆为以水喻君子，形容君子之美德，这些感受并非杜撰，都来自对水细致入微的观察。从观察中得到启发，有所感悟和思考，这是向大自然学习的一种方法，这种方法直到今天仍有积极意义。

曾经有段时间，某些学校因为担心安全问题，把春游秋游一概取消，一味地把学生关在教室里学习，这种方式与素质教育是格格不入的，教育主管部门之所以主张开展“研学旅行”，就是在发扬光大孔子的教育观。有学者比较了中日、中美学生的身体素质和实践能力，认为我们的中小学生在学业上占有优势，但在身心素质方面却令人担忧，这是应该引起重视的问题，毕竟少年强则国强，孔子本身就是个运动健将，孔子射箭时老百姓曾成群结队去观看。传道、授业、解惑，传道是第一位的，事实上孔子倡导的春游，旨在引导弟子感悟人与自然的互通之道。人生一世，草木一秋，何其相似乃尔！多让学生走出课堂，亲近大自然，融入大自然，少留点作业，多一些游历，对学生身心健康大有裨益。

3. 学而时习之，不亦说乎？

《论语·述而》有一句话：“默而识之，学而不厌，诲人不倦，何有于我哉？”这句话的大意是：默习所学的知识，学习不觉满足，教导弟子不知疲倦，这一切对我来说，都做到了哪几点呢？

孔子这样说显然是谦虚，谁都知道孔子博闻强记，喜欢“学而时习之”，默习不成问题；能“入太庙，每事问”，学而不厌也做得很好；对弟子能“有教无类”“因材施教”“诲人不倦”做得更是无可挑剔。这三点孔子都做到了，而且做得很出色，堪称典范。那么，孔子为什么还要这样说呢？孔子的用意无非有两点：一是自谦自省，提示自己时刻不要忘记这三点，让自己保持一种学习和诲人的良好状态；二是以自己为例教育弟子，让弟子以他为镜鉴，进而有所感悟，因为这话毕竟是对弟子而言。孔子的弟子曾子也说过：“吾日三省吾身——为人谋而不忠乎？与朋友交而不信乎？传不习乎？”（《论语·学而》）孔子和曾子所重点强调的是一件事：复习。

然而，很多人在读这两段文字时，往往重视其他而忽略了复习问题。

孔子和孟子为什么看重复习呢？这是因为人的记忆和学习能力是有生理阶段的，一般来说蒙童时期的记忆要好一些，接受知识的速度比较快。在现代幼儿园，孩子们记忆如同一张白纸，画什么是什么，记下的知识很可能是一生的烙印。孔子那个时代就不同了，弟子们求学年龄比较大，几乎相当于现在的高中阶段，孔子本身是从十五岁开始立志学习的，孔子的弟子们也都是成年人，有的弟子求学时已经人到中年，这个年龄阶段学习知识如果不注意复习，很可能就会忘记。加之当时的教学，不是现在的中小学课程，除却礼仪典籍之外，大都是古老的“修身、齐家、治国、平天下”的道理，许多哲理需要不断揣摩、思考，如果不加以复习、不加深理解，容易囫囵吞枣，吸收不到学养，因此，复习是不可或缺的功课。

在孔子眼里，复习是深化学习的过程，也是知识应用的过程，孔子学《易》，就拿一把蓍草演练起卦；孔子主祭，就事先演练，下功夫彩排，防止举行正式仪式时出差错，这些行为都是某种意义上的复习。

我们可以多维度去理解孔子强调的复习。首先是对知识的记忆，这是基础性的要求；其次是加深理解，是对所学知识的深度消化和吸收，这是“默而识之”和“传不习乎”的重点；第三个是实践，是对知识消化后的运用，也就是学以致用。第三个维度是“习”的最高境界，也是孔子之所以去周游列国的原因之一。孔子不仅自己要“习”，而且带着众弟子一起去“习”，虽然他没有找到一个施展才华、实现抱负的平台，但他在此过程中传播了自己的忠恕之道。所以说“习”的过程，成了孔子布道的过程，这种布道，像播种一样，把他的仁义忠恕思想“种植”到十几个诸侯国。如果孔子不率领弟子们去周游列国，他的儒家思想也许产生不了这么大的影响，因为春秋时期没有现代媒体存在，严重制约着传播影响力。

孔子认为复习是件很愉快的事：“学而时习之，不亦乐乎？”但实事求是地讲，谁都知道学习是一件苦差事，怎么能愉快起来呢？孔子认为最关键的是“正道”——端正方向和明确目标。孔子认为好学的重要标志之一，是“就有道而正焉”，就是说要到有道之人那里去匡正自己。所谓“有道”，一般来说是掌握真学的老师，是能够传道授业解惑的人，古人之所以把师与天地君亲相并列，可见老师地位之高。学习中，最好的钥匙是老师，有老师指点，很多难题便会迎刃而解，复习的兴趣也会随之大增。这就好比一个练家，一旦拜了身怀绝技的武林大侠为师，哪怕天天站梅花桩、打沙袋也不会觉得辛苦，因为他知道自己的方向和目标。

现如今，有些学生视复习为负担，很重要一个原因是学习的临时思想和学习无用感在作祟。学习为了应试，而不是为了运用，一旦考关过去，书本仿佛就完成了使命，变得不再重要，这才出现很多考生在考完后将课本教材统统付之一炬的异常之举，这种情况在孔子那个时代是不可想象的，那个时候读书人敬惜字纸，有一副对联写得好：毋弃六书片纸，只因一字千金。

我们在学习上应该像孔子一样复习，尤其要用“正道”贯通当下和未来，让复习的过程成为愉悦的过程。做到这一点其实并不难，只需要一盏能将抽象知识照成耀眼财富的灯，让你在积累“财富”的正道上奋力前行。可以肯定，能够点燃这样一盏灯的，一定是孔子所说的“有道”。

4. 素质教育，因材施教

孔子是中国历史上第一个办私学的人，学生中有的是父子同学，如曾皙、曾参；有的出门名门，如端木赐；有的出身低贱，如仲弓、公皙哀；还有的有坐牢前科，如公冶长，因为懂得鸟语而获罪入狱。三千弟子林林总总，可谓五花八门，从政、经商、搞教育、做学问等，分布在诸侯国各个领域。孔门弟子没界别，也没有毕业之说，有事就去做事，没事就来学习，即紧密又松散，除却礼制规定，没有其他限制，是典型的弹性学习制。有的弟子跟随先生几十年了，还不肯离开，把老师这里当成了家，这种独特的教育方式成为春秋时代的私学特色。

与孔子的办学思路相比，当下教育方式的弊端饱受诟病，尤其是以考试为目的的应试教育，已经偏离了教育育人的初心，孩子们变成了学习的工具，考试成了唯一的动力和评价教育成果的标准，孩子们的天性萎缩，学习兴趣不再，精致利己主义又大行其道，以至于高考过后，成百上千的考生回到宿舍以撕书、烧书的方式来发泄心中怨气。

如今，我们在思考应试教育弊端的同时，很多有识之士，主张实行素质教育，这一提议也得到了教育管理部门的认可。素质教育成了一个“热搜词汇”，尽管尚无得力举措扭转应试教育的局面，但达成素质教育的共识似乎不再成为问题。在谈到素质教育时，很多人开始回望两千多年前的孔子，这个长眠在泗水之滨的老人，似乎依然在等待后人的问道。人们发现，孔子从来没给弟子们发过考卷，也没有出过命题作文，更没有给弟子评“三好”、发奖状，孔子教育的宗旨是传道、授业、解惑，是明道、明德、明礼。孔子希望通过讲述自己对先圣的学习体会，给弟子们格物致知以启发。原来孔子一直主张素质教育！作为素质教育的鼻祖，孔子已经告诉了我们怎样来搞素质教育。

首先，孔子主张“有教无类”所谓有教无类就是不管什么人都可以受到教育，不因为贫富、贵贱、智愚、善恶等原因而有所选择。孔子似乎知道两千多年后的华夏大地，各个学校会开展“抢割学苗”的怪事，因为孔子教书不是为了钱，学生拜师仅仅准备一点象征性的“束脩”就可以，今天则不同，某些学校办教育是为了效益，抢到好学苗，高考上榜率就高，学校名气就大，这种把教育作为赚钱工具的做法，育人的功能自然就会弱化。反观孔子，孔门对社会是敞开的，“斯文在兹”“以文化人”，而再看现在，则比孔夫子多了许多功利成分。

孔子之前的时代，教育皆为官学，官学相对来说都有严格规制，像面包炉一样，一团生面进去，一个里软皮酥的熟面包出来，这是国家机器的作用，民心似铁，官法如炉。而孔子则不然，孔子教育弟子，主要在于以圣贤思想来引导弟子，走上“修身、齐家、治国、平天下”的入世之道。

其次，孔子做到了因材施教。因材施教是素质教育一条重要原则，这一点孔子做到了。不同的弟子问同样的问题，孔子给出的答案是不同的，因为每个学生的境界、感悟、性格等诸因素不同，不能一个药方治百病。子路问政。子曰：“先之，劳之。”请益，曰：“无倦。”（《论语·子路》）子贡问政。子曰：“足食，足兵，民信之矣。”子贡曰：“必不得已而去，于斯三者何先？”曰：“去兵。”子贡曰：“必不得已而去，于斯二者何先？”曰：“去食。自古皆有死，民无信不立。”（《论语·颜渊》）

鲁哀公问政于孔子，孔子的解答比较多一点，因为哀公几次问政，孔子作为鲁国大夫，理应解释透彻一些。孔子说：“文武之政，布在方策。其人存则其政举，其人亡则其政息。天道敏生，人道敏政，地道敏树。夫政也者，蒲卢也。故为政在人。取人以身，修身以道，修道以仁。仁者，人也，亲亲为大；义者，宜也，尊贤为大。亲亲之杀，尊贤之等，礼所生也。在下位不获乎上，民不可得而治矣。故君子不可以不修身。思修身，不可以不事亲；思事亲，不可以不知人；思知人，不可以不知天。天下之达道有五，所以行之者三。曰君臣也，父子也，夫妇也，昆弟也，朋友之交也，五者天下之达道也。知仁勇三者，天下之达德也。所以行之者，一也。或生而知之，或学而知之，或困而知之，及其知之，一也。或安而行之，或利而行之，或勉强而行之，及其成功，一也。”（《礼记·中庸》）

齐景公问政于孔子。孔子对曰：“君君，臣臣，父父，子子。”公曰：“善哉！信如君不君，臣不臣，父不父，子不子，虽有粟，吾得而食诸？”（《论语·颜渊》）

叶公问政。子曰：“近者说，远者来。”（《论语·子路》）

五人问政，孔子根据每个人的实际情况给予了不同的回答，给子路的答案是率先垂范，勤勉敬业，因为孔子知道子路做到这一点并不难；给子贡的答案是树立老百姓对政府的信任，因为民无信不立。

给鲁哀公的答案是效仿文武之道。鲁哀公十分敬佩孔子，孔子也在这位国君身上寄予政治厚望，两人能谈得来，故而讲解颇多。孔子去世后，鲁哀公亲自作诔文：“旻天不吊，不憖遗一老，俾屏余一人以在位，茕茕余在疚。呜呼哀哉！尼父！无自律。”(《左传·哀公十六年》）足以看出鲁哀公对孔子的感情之深。

给齐景公的答案是遵循礼制。孔子知道齐景公的问题会出在“有违礼制”上，因为景公的哥哥庄公就是因和臣子之妻私通而丢了性命，景公本人也是贪图酒色和虚名的人，为了和晋国争夺霸主虚名而耗尽国家财力，孔子便给了他“君君、臣臣、父父、子子”八个字的经典答案。

给叶公的答案是安抚百姓，不要让百姓离心离德。因为叶公地处荆地，地广而都狭，民有离心，莫安其居。

问政如此，问仁也是这样。仲弓问仁。子曰：“出门如见大宾，使民如承大祭。己所不欲，勿施于人。在邦无怨，在家无怨。”仲弓曰：“雍虽不敏，请事斯语矣。”司马牛问仁。子曰：“仁者，其言也讱。”曰：“其言也讱，斯谓之仁已乎？”子曰：“为之难，言之得无讱乎？”(《论语·颜渊》)

最后，孔子注重实习。孔子反对死读书，主张多到大自然中去加强感性认识，他利用游历中所见所闻教育弟子，凸显了学以致用的教育目的。孔子周游列国十四年，既是向各国推行自己政治主张的过程，也是实习实践的过程。应该说周游列国期间，不仅弟子们得到了实践锻炼，孔子本人也有许多认识上的提高，这对他晚年整理古籍是有所开悟的。

5. 君子的六条标准

孔子很少谈及如何才能成为一个“仁人”，但对如何成为一个君子，却从不同角度作过阐述。《孔子家语·六本》：“行己有六本焉，然后为君子也。立身有义矣，而孝为本；丧纪有礼矣，而哀为本；战阵有列矣，而勇为本；治政有理矣，而农为本；居国有道矣，而嗣为本；生财有时矣，而力为本。置本不固，无务农桑；亲戚不悦，无务外交；事不终始，无务多业；记闻而言，无务多说；比近不安，无务求远。是故反本修迩，君子之道也。”译成白话大致是这个意思：立身行事有六个根本，然后才能成为君子。立身有仁义，孝道是根本；举办丧事有礼节，哀痛是根本；交战布阵有行列，勇敢是根本；治理国家有条理，农业是根本；掌管天下有原则，选定继位人是根本；创造财富有时机，肯下力气是根本。根本不巩固，就不能更好地从事农桑；不能让亲属高兴，就不要进行人事交往；办事不能有始有终，就不要经营多种产业；道听途说的话，就不要多说；不能让近处安定，就不要去安定远方。因此返回到事物的根本，从近处做起，是君子遵循的途径。

孔子在这里明确了君子的六条标准，看起来十分具体，没有涉及更多道德修养问题，但很有针对性和可操作性。这是孔子阐述深奥问题的特点，从来都是深入浅出，不像老子那样玄而又玄，让人有所不明。

“仁义立身孝为本”。这是君子的头等大事，不仁不义，不可为君子。仁义很抽象，怎样去把握呢？孔子把它具体到“孝”上。一个不孝之人，不可能做到“己欲立而立人，己欲达而达人”。也不能对国家尽忠。汉代“举孝廉”选拔官员就是从孝入手，忠臣出于孝门也是这个道理。《孝经》提倡“广孝”，君子孝敬自己的父母，进而要孝敬所有天下人的父母，以此实现仁政王道。仁义是成为一名君子的必要前提，所以孔子把它列为第一条来阐述。

“丧纪有礼哀为本”。这是通过举办丧事来看一个人是不是有同情心，有悲悯恻隐之心。所以孔子说哀痛是根本。别人家有人去世，悲痛伤心，你来吊唁却临丧不哀，无动于衷，这是人情冷漠的表现。有的人不仅不哀痛，还在葬礼上与朋友谈笑风生，把吊唁场所当成了好友聚会的场合，这种薄情寡义之人是不能成为君子的，因为在人格上有致命的缺欠。君子应该具有健全的人格，有正常的情感世界，喜怒哀乐发自内心，而不是冷如冰，硬如铁，血液没有应有的温度。

“战阵有列勇为本”。是当国家出现战争时，作为君子要挺身而出，为国征战，这是勇敢的表现。一个人如果在国家需要的时候不能勇赴国难，就谈不上是君子，君子一定有家国情怀，一定具备精忠报国的品格。那些在国家危亡面前，贪生怕死，苟且偷生之人，无论有多大的才艺，都会为主流舆论所不齿。当下，有些人夸大了生存权，否定真理价值，好像那些为了真理而献身的人都是傻瓜一样，这是在给懦弱、背叛和胆怯找理由，不是君子所为。

“治政有理农为本”。是指治理国家，为国家服务，应该把农业放在基础的位置上。中国是个农业国，让国民“足食”是天大的事，当年毛主席之所以提出“以粮为纲，全面发展”就是基于这个道理，毛主席还说过，一个粮食，一个钢铁，有了这样东西，什么事都好办了。实际是把农业和工业放在了同等重要的位置上。我们现在强调饭碗要端在自己手上，就是把粮食问题当成国家战略安全的大事来对待，毕竟民以食为天，一旦粮食出了重大问题，必国将不国。

“居国有道嗣为本”。在古时的封建社会，选定继承人是国之大事，因为选嗣问题导致国家大乱的事例举不胜举，周公认识到了这个问题，便制定了长子为第一继承人的规矩，一直沿用两千多年。选定继承人关系到国家的长久治安，孔子强调这件事是有道理的，当年卫国就在继位问题上出现过父子之争，之后的秦始皇因为没有解决好这一问题，导致扶苏被害，胡亥上位，国家因此灭亡。

“生财有时力为本”。财富积累必须通过劳动去获得，君子爱财，取之有道，不义之财君子不会取，孔子用一个“力”字把这个问题说透了，就像今天我们常说，幸福都是奋斗来的一样，不是经过自己努力而获得的财富，尽管能改善你的生活，但永远改善不了你的精神。很多青年人自强不息，不靠父辈的积累而是选择自主创业，这是追求一种精神上独立，人们都知道，经济上不能自主，精神上就很难独立，靠啃老生活，年龄再大也是“巨婴”。

孔子说的六条根本途径，看似有的互不相连，但仔细分析，都是缺一不可的原则问题。一个人要想成为君子，这些途径必须要走。

6. 有教无类，万世师表

研究孔子，不能不研究孔子的学生。孔子一生，弟子颇多，数量大概有三千之多，其中历史上有记载的就有七十二人，被后人称为七十二贤人，这就是司马迁在《史记·孔子世家》所说的“弟子盖三千焉，身通六艺者七十有二人”。

分析一下孔子弟子的构成，我们就会发现：孔子的确做到了“有教无类”。在孔子的私塾里，没有因为学费问题而辍学的，只要你是为了求知而来，孔子的家门永远是敞开的。

教书育人不为钱。

颜回，字子渊，鲁国人，是个家庭十分贫困的弟子，居住简陋，饮食简单，二十九岁的时候头发就全白了。孔子没有瞧不起这个比自己小三十岁的穷学生，而是对他倾注了满腔师情，加以教育引导，使他成为一个有仁德的人。和颜回一样贫穷的还有仲弓，其父是“贱人”，家“无置锥之地”。原宪更是寒酸，据《庄子·让王》记载：“原宪居鲁，环堵之室，茨以生草；蓬户不完，桑以为枢；而瓮牖二室，褐以为塞；上漏下湿，匡坐而弦歌。”意思是说原宪在鲁国居住的是茅草苫盖的方丈小屋，门户是蓬蒿编的，而且还不完整，户枢是桑树条做的，窗户是用破瓮做的，以粗布隔了两间，屋顶漏雨，地下潮湿，他却端坐而弦歌。弟子曾参也非常穷，他絮衣破烂，面色浮肿，手足生出老茧。三天不煮饭，十年不添置新衣。

孔子接收学生门槛极低，他说："自行束脩以上，吾未尝无诲焉。”（《论语·述而篇》）所谓“束脩”，就是十束肉脯，在当时是菲薄的见面礼，是象征性的学费。以孔子的名气，如果来个狮子大开口，以教学为名借机敛财，他完全可以成为天下第一富豪。若真如此，历史上将少了一个圣人，多了一个财主。

言貌皆不可取人。

澹台灭明，字子羽，孔子曾恶其貌丑，认为其资质太低，且举动也十分令人讨厌。子羽来求学，孔子没有因为这些原因将他拒之门外，而是接纳了这个学生。在孔子的调教之下，子羽终于成才。他遵照孔子的教导去实践，在长江一带游历颇有建树，体现出公正无私的君子之才，追随他的弟子达到三百人，其声誉传遍了四方诸侯。

和孔子的识人相比，今人一个比较普遍的现象是在选人用人上太注重表面的东西。看看报纸上常有的招聘启事，哪一家公司不是在五官、身材上要求苛刻？“身材好，形象佳”，已经成为流行的招聘用语。宰予是孔子的弟子，他口齿伶俐，擅长辞辩，却不是个有仁德的人。孔子有一句名言：“朽木不可雕也，粪土之墙不可圬也。”（《论语·公冶长》）就是针对他说的。孔子在比较了宰予和澹台灭明两人之后，很有感触地说：“吾以言取人，失之宰予；以貌取人，失之子羽。”（《史记·仲尼弟子列传》）意思是说：我如果只凭言辞判断人，对宰予的判断就错了；单从相貌上判断人，对子羽的判断就错了。由此可见，孔子是不以言辞和相貌取人的，孔子对人是靠自己的观察和分析来做出判断的。

小人也要得而教之。

前面提到的宰予，是一个能说会道的人，按理说，孔子在发现宰予不能为父母守孝三年之后，完全可以不要这个弟子，将其逐出师门。但孔子没有这样做，孔子的理由很简单，教育的责任就是使人懂礼明仁，用现在的话说就是要提高人的素质，既然是这样，那么通过教育来转化所谓的小人就是理所应当的事情。如果把这些低素质的小人都拒之门外，教育固然轻松了，但社会的负担却重了。宰予后来到齐国临淄官拜大夫，和田常一起同谋作乱，因此被灭族，孔子为其羞耻，也为其遗憾。

针对孔子门下鱼龙混杂的情况，南郭惠子曾经发出过“夫子之门何其杂也”的疑问。对此，孔子的弟子子贡回答的非常好。子贡说：“君子正身以俟，欲来者不距，欲去者不止。且夫良医之门多病人，檃栝之侧多枉木，是以杂也。”(《荀子·法行》) 君子端正品行以等待四方之士，而且一定要做到来者不拒，正如良医之门多病人一样。所以夫子门下的人品十分复杂，各种各样的人物都有。从孔子高尚的教育精神来看：名师未必都要收高徒，如果能把一个无恶不作的小人教育成一个懂礼守法的好公民，则更能体现出名师之道。

7. 君子谋道不谋食

原宪问孔子什么是君子的耻辱，孔子回答很简单："邦有道，谷；邦无道，谷，耻也。"(《论语·宪问》) 这句话的意思是，如果国家无道，你还出来做官拿俸禄，这就是君子的耻辱。

那么，孔子为什么会把"邦无道则仕"作为君子的耻辱呢？这是因为无道之邦已经触碰了孔子信仰的底线，为无道的政治服务，等于助纣为虐，自然是最大的耻辱。

孔子在鲁国做官，职位已经到了大司寇摄行相职，可以说是治国理政的要职，但当鲁国国君鲁定公沉湎于齐国所贿赂的美女和宝马时，孔子选择了离开。

孔子之所以推崇伯夷叔齐，就是因为他们宁可饿死首阳山也不出来食周之俸禄。谁都知道孔子褒周贬商，既然商无道，那么为什么孔子仍然赞扬伯夷叔齐呢？这是因为站在伯夷叔齐的立场，他们无法判断取代商的周是不是有道之邦，他们的选择只能是跟着感觉走，也就是说一个诸侯国推翻了宗主国，这是大逆不道之举，他们怎么能出来服务于叛逆之周呢？孔子没有去苛求这两位“逸民”，认为他们秉持了“邦无道，谷，耻也”的信念，因此夸赞他们是君子的表率。

孔子将君子之耻首归为恶政服务上，可谓一语中的，抓住了要害。恶政，虽然始作俑者在君主，但一大批狐假虎威、助纣为虐的酷吏才是虎狼之患，如果领取俸禄的官吏能以服务恶政为耻，从而机智地离开，那些独夫民贼就会失去爪牙和羽翼，也就不能为患天下。

要想做到不为恶政服务，首先要有坚定的信念，这就是孔子所推崇的“志于道”，道是行为的最高标准，孔子的道主要是指“仁”与“礼”，在治理国家方面，要“为政以德”，用道德和礼教来治理国家，反对苛政、暴政。事实上，孔子的道归根结底是人道，那些无道之邦，本质上是反人道的，对于违反人道的国家，君子不要出来辅佐它。

问耻的原宪是孔子门生，他没有辜负老师的教诲，老师去世后，他在卫国一条小巷子里居住，房屋极其简陋，茅草屋顶，蓬蒿编门，破瓮做窗，安贫乐道，直至晚年，从而成就了历史上著名的“原宪甘贫”佳话，也留下了“原宪桑枢”这个成语。

8. 文质彬彬，然后君子

孔子那个时代，卫国有个大夫叫棘子成，有一天他问孔子的学生子贡："君子只要本质好就行了，何必要那些外在的纹饰呢？"这是一个今天也常常被提起的哲学问题，即内容和形式的关系问题。棘子成的意思是君子只要有学问有本事，不必在意外在形式。但子贡却不赞同他的说法，子贡说："惜乎，夫子之说君子也！驷不及舌。文犹质也，质犹文也，虎豹之鞟犹犬羊之鞟。"(《论语·颜渊》）这句话译成白话是：可惜啊，老夫子您这样来说君子！一言既出，驷马难追，纹饰既是本质，本质也是纹饰，虎豹之皮如果去掉毛，和犬羊去掉毛的皮就没什么两样了。

子贡的观点十分明确，形式和内容同样重要。他的观点是有依据的。古代讲礼制，衣冠禽兽，等级自分，走在街上路人一望便知，省去了很多猜测麻烦。

古语说得好，人在衣裳马在鞍，所强调的就是纹饰的重要性。有一则故事，说是两个老兵在公共浴池里洗澡，彼此帮着搓背，说说笑笑就像好友一样，等出了浴池穿上衣服出来，一方才发现另一方是自己的

司令官，两人无法再像澡堂里一丝不挂时那么口无遮拦、无所顾忌了，士兵变得毕恭毕敬，司令变得威严十足。这个故事说明了形式的疏离作用，一套衣服把原本亲近的关系瞬间绷紧，对此，你能说形式不重要吗？

文学也是如此，语言是形式，故事和思想是内容，但谁能否认语言本身不是内容的一部分呢？同样的故事，名作家是一种讲述，街头老伯也是一种讲述，但街头老伯成不了名作家，这就是形式将两者疏离开了。

话又说回来，棘子成显然忽视了君子修为的外在表现形式，只看到了事物的一个方面，而子贡的回答却恰到好处，说明了形式的重要性。人们往往用不修边幅、不拘小节来搪塞君子之过，其实这是不足取的一种观点，古人讲："一屋不扫，何以扫天下？"一个连自己起码的生存状态都管理不好的人，你还能指望他去管理好更多的人吗？

所以人们要经常揣摩子贡的话：文犹质也，质犹文也。

9. 颜回是个好学生

孔子一生有三千弟子、七十二贤人，毫无疑问，最优秀的弟子当属颜回。颜回死讯传来，孔子痛哭不已，大放悲声：“天丧予，天丧予！”意思是老天爷这是要我的命啊！

颜回生于公元前521年，死于公元前481年，比孔子小三十岁，属于中年早殁。颜回十四岁拜孔子为师，是受孔子称赞最多的学生。那么，孔子为什么对颜回情有独钟呢？细读《论语》《孔子家语》，不难找出答案。

理由之一：颜回其志可嘉。颜回是个有大志向的人，他崇拜舜帝，以舜为榜样来要求自己。他安贫乐道，不贪图荣华富贵。东汉王符称赞他：“困馑于郊野，守志笃固，秉节不亏。宠禄不能固，威武不能屈。虽有南面之尊、公侯之位，德义有殆，礼义不班，挠志如芷，负心若芬，固弗为也。”（《潜夫论》）他自己也说：“夫道之不修也，是吾之丑也；道即已大修而不用，是有国者之丑也。”（《史记·孔子世家》）孔子夸赞他：“一箪食，一瓢饮，在陋巷，人不堪其忧，回也不改其乐，贤哉回也！”意思是：一筐饭，一瓢水，住在陋室里，别人都受不了这种贫苦，颜回却仍然不改变向道的乐趣。贤德啊，颜回！由此，不难发现，孔子最看重的是颜回的远大志向。古人从不把财富作为评价人的条件，而是一向把志向作为衡量人品德的首要标准，对那些穷且益坚，不坠青云之志的人格外高看一眼。颜回一生虽未入仕做官，但他的思想和道德赢得了社会的认可，也因此被后人称为“复圣”。

理由之二：颜回举一反三。颜回是极其聪慧之人，孔子说他能“闻一知十”(《论语·公冶长》)。《孔子家语·颜回》中记载了这样两件事，一件是东野毕失马之事。鲁定公问颜回：“你也听说过东野毕善于驾车的事吗？”颜回说：“东野毕确实善于驾车，尽管如此，他的马必定会散失。”鲁定公听了很不高兴，对身边的人说：“君子中竟然也有骗人的人。”颜回退下。过了三天，养马的人来告诉说：“东野毕的马走失了，两匹骖马拖着两匹服马进了马棚。”鲁定公听了，越过座席站起身，立刻让人驾车去接颜回。颜回来了，鲁定公说：“前天我问你东野毕驾车的事，而你说：‘他确实善于驾车，但他的马一定会走失。’我不明白您是怎样知道的？”颜回说：“我是根据政治情况知道的。从前舜帝善于役使百姓，造父善于驾御马。舜帝不用尽民力，造父不用尽马力，因此舜帝时代没有流民，造父没有走失的马。现在东野毕驾车，让马驾上车拉紧缰绳，上好马嚼子；时而慢跑时而快跑，步法已经调理完成；经历险峻之地和长途奔跑，马的力气已经耗尽，然而还让马不停地奔跑。我因此知道马会走失。”在得到鲁定公的肯定后，颜回接着说：“我听说，鸟急了会啄人，兽急了会抓人，人走投无路则会诈骗，马筋疲力尽则会逃走。从古至今，没有使手下人陷入困穷而他自己没有危险的。”后来，鲁定公向孔子表扬颜回，孔子说颜回一向是这样的，意思是能举一反三。其实，颜回在这里是以御马比喻治理国家，御马“不穷其马力”，告诫鲁定公治民“不穷其民力”，否则就会出现危险。

另一件是闻哭声知离别的故事。孔子在卫国时，颜回陪伴他。一日清晨远处传来哭声，非常悲哀。孔子问：“颜回，你知道这是为什么哭吗？”颜回回答说：“弟子我认为从哭声听，这非但是死别，还要生离。”孔子问：“你凭什么这么说？”颜回回答：“弟子听说桓山有只鸟，生了四只小鸟，羽翼既成，将分于四海，那只大鸟以很伤感的心情啼叫着送别四只小鸟远飞，它的悲哀啼叫声和现在的哭声非常相似，都有亲人要分别不再相见的意思，因此弟子以声音来判断是这样的。”孔子让人去问了悲哭的人，那个人果然说：“我的父亲死了，家庭很贫穷，没办法，就卖子葬父，现在正在和儿子诀别。”孔子感慨着说：“颜回呀，还真是很懂得、很善于辨别声音呢！”这个故事说明，颜回的举一反三已经达到了跨界的程度，可以广泛联系，相互启迪，这是孔子最希望弟子们掌握的一种本领。《论语·公冶长》记载：“子谓子贡曰：‘女与回也孰愈？’对曰：‘赐也何敢望回？回也闻一以知十，赐也闻一以知二。’子曰：‘弗如也，吾与女弗如也。’”这一段译成白话是：孔子对子贡说：“你和颜回哪一个强些？”子贡回答说：“我怎么敢和颜回相比呢？颜回听说一件事就可以类推出十件事，我听说一件事不过类推出两件事罢了。”孔子说：“是不如他，我和你都不如他啊！”可以看出，在举一反三这方面，连孔子都认为自己不如颜回。

理由之三：颜回忠厚不愚。孔子夸赞颜回：“不迁怒，不贰过”（《论语·雍也》），是表扬他的情绪控制能力和纠错能力，这两种能力都需要强大的心理承受力。前文提到过的“陈蔡之困”，当时孔子体力不支，白天也只能躺着休息。颜回讨来一点米，回来后就煮起了饭，快要熟了。孔子无意中看见颜回用手抓锅里的饭吃。一会儿，饭熟了，颜回请孔子吃饭。孔子假装没看见刚才他抓饭吃的事，起身说：“我刚才梦见了先父，这饭很干净，我用它先祭过父亲再吃吧。”颜回道：“使不得！刚才煮饭的时候，有点炭灰掉进了锅里，弄脏了米饭，丢掉不好，我就抓起来吃掉了。”孔子叹息道：“人应该相信自己的眼睛，但即便是眼睛看到的仍不一定可信；人依靠的是心，可是自己的心有时也依靠不住。学生们记住，了解一个人是多么不容易呀。”这个故事告诉我们，颜回是一个坦荡的人，他只说明事实经过，不担心被误解。孔子说：“吾与回言终日，不违，如愚。退而省其私，亦足以发，回也不愚。”(《论语·为政》) 意思是说，我给颜回讲课，他经常都只是默默地听着，感觉起来好像笨笨的。可是回去后我观察他私下的言行，倒也能充分发挥课堂上我讲的那些道理。所以颜回其实并不笨。

当然，在现代化社会里，我们或许不再需要颜回那种学习方式，现如今科技手段解决了许多知识问题，但从颜回身上我们仍然可以得到很多启示。首先是要有一种僧侣般的学习精神；其次是学会普遍联系的学习方法；再者就是秉持推己及人的忠恕之道。具备了这三点，你就有可能成为一个出类拔萃的好学生。

10. 孔子的雅趣

一般来说，有圣人之称的孔子，应该正襟危坐，板着面孔，不苟言笑。如果这么看就错了，孔子不但不是一副冷面孔，而且很好玩。很多人对此不认同，圣人怎么好玩呢？有时间还不抓紧读书写作，怎么能在玩上浪费时间？也难怪，因为几千年来，尊孔者一直在神化孔子，导致人们对这个可爱的老人蒙上了一层薄雾冷霜，让孔子失去了应有的“体温”。

事实上，孔子不仅好玩，而且玩得很专业，也就是说很会玩。据《史记·孔子世家》记载：“孔子为儿嬉戏，常陈俎豆，设礼容。”是说孔子孩童时喜欢做游戏，经常陈列俎豆各种礼器，演习礼仪动作。孔子这种玩法，其实就是今天小孩子玩“过家家”的游戏，是对未来生活的一种模拟学习。很多地方小孩子玩一种“虫克棒，棒打虎，虎吃鸡，鸡啄虫”的游戏，就是让孩子尽早懂得五行原理。所以说，玩，是一种学习方式。孔子摆弄祭祀俎豆，这在当时是最高雅的游戏了，因为祭祀是家国头等大事，而主持祭祀的人一定都是有威望的大夫。

长大后，孔子喜欢射箭，而且水平很高，拥有众多粉丝。《礼记·射义》里有这样一个故事，孔子带弟子前来习射，曲阜城内男女老少很多人都会暂时放下手头的事情，赶到靶场看热闹，有一天，蜂拥而至的观众人数实在是太多了，大家挤成一团，孔子见状，把弟子子路叫来嘱咐一番。领会意图的子路走到人群前面说："我们今天跟老师习射，当与众乡里和士大夫同乐。无奈今天来观众太多，现在提个要求：败军之将，守土失职的大夫，还有做过违背伦常、愧对祖先之事的后生，请回吧！那些恪守孝道、正身修行、知礼好学的人可以留下，其他人请自觉退后！"子路话音一落，众人顿时走的走，留的留；留下来的也都该靠前的靠前，该靠后的靠后。大家自觉排列成行，看上去就好像是一面人墙。这便是《礼记·射义》所谓"观者如堵"典故的由来。

孔子还是个音乐迷，尤其迷恋弹琴和唱歌，遇到高兴不高兴的事，都要唱歌。《史记·孔子世家》记载：孔子学鼓琴师襄子，十日不进。师襄子曰："可以益矣。"孔子曰："丘已习其曲矣，未得其数也。"有间，曰："已习其数，可以益矣。"孔子曰："丘未得其志也。"有间，曰："已习其志，可以益矣。"孔子曰："丘未得其为人也。"有间，有所穆然深思焉，有所怡然高望而远志焉。曰："丘得其为人，黯然而黑，几然而长，眼如望羊，如王四国，非文王其谁能为此也！”师襄子辟席再拜，曰：“师盖云《文王操》也。”可见孔子对学琴有多么投入，在对琴曲境界的揣摩研习中把文王模样都描摹出来了。当了私塾先生后，孔子热衷春游，到泗水和沂水之滨玩耍。学生子贡曾问孔子：“君子见大水必观焉，何也？”孔子曰：“夫水者，君子比德焉。遍予而无私，似德；所及者生，似仁；其流卑下句倨，皆循其理，似义；浅者流行，深者不测，似智；其赴百仞之谷不疑，似勇；绵弱而微达，似察；受恶不让，似包蒙；不清以入，鲜洁以出，似善化；至量必平，似正；盈不求概，似度；其万折必东，似意。是以君子见大水必观焉尔也。”（《说苑·杂言》）孔子把观水原因说得很清楚，并且上升到了道德修养的层次。孔子甚至还带着弟子们去吕梁山玩耍，通过一个游泳的人来教育学生要顺势而为。

孔子好玩，有两个方面原因，一个是从大自然中获取和验证所学的知识。另一个就是愉悦生活，是情趣所致。

从本质上讲，玩是一种不带目的的游戏，人和动物都具有这种天性，动物通过相互玩耍学会猎食和搏斗的本领，人也是如此，童年的玩耍对人的成长起着十分重要的作用。

一个不好玩的人是无趣之人，一个无趣之人半点也不可爱。无趣之人寡淡、无聊，坐在那里是别人的累赘，走在一起是同伴的负担，和这样的人怎么快乐相处？无趣之人是不会玩的，任大千世界多么美妙，他却总是无动于衷，每天都是重复一样的话，做雷同的事，就像工业流水线上的机器人，你不能指望他会微笑、幽默和调侃。所以王蒙先生说，宁做一个恶人，也不做一个无趣的男人。

孔子晚年喜欢《易》，很大程度是一种拿着蓍草把玩的行为，因为孔子不迷信，正如庄子所说："六合之外，圣人存而不论"，更遑论怪力乱神，在意这些东西纯粹是浪费时间。但是当他得到《易》，因为这是一部奇书，该书又与他所崇拜的周公有所关联，他自然就会迷上《易》。《易》毕竟是卦书，研究它，按照孔子所学必"习"的态度自然要演练一番。据说孔子曾占到过《贲卦》和《旅卦》，《论语》和众弟子言论中也没有更多孔子占卜的记载，这说明孔子很清楚凡事要有度，不能过度沉溺其中，因为有许多"非命"的因素存在。

孔子虽好玩，但所玩之物却有选择，不利学习和修齐治平的事物，他不会去玩。当时，齐国给鲁国送来了美女宝马，整天在郊外搞演出，鲁国国君和执政的季氏天天不理朝政，跑到这个娱乐场所寻欢作乐，孔子愤而辞职。历史上臧文仲养一只大龟，并为之修建华丽的房子，孔子因此认为臧文仲不是个有仁德之人。

四、交友篇

1. 以文会友，以友辅仁

《论语》中有一段话简明扼要地阐述了孔子的交友观，即“益者三友，损者三友”，益者三友是“友直、友谅、友多闻”。损者三友是“友便辟、友善柔、友便佞”。（《论语·李氏》）

所谓友直，就是要交诤友，诤友是敢于直言的，不会讨好你，发现你有问题会直言不讳地提出来，这种朋友被孔子排在首位，可见诤友金贵难得。

友谅，就是和诚信的人交朋友，人无信不立，一个立不起来的人，自然不能有所托付，还交什么朋友？和讲诚信的人为友，才能以心换心，彼此心心相印。

友多闻，就是要和知识渊博的人交朋友，这种朋友会使你增加见识，增长学问，从而提升自己。

至于不能交的朋友，孔子概括得也很精炼，所谓便辟，就是善于走邪路的人，这种人往往三观不正，属于极端自私的精致利己主义者，这种人往往“心达而险”，毫无感恩之心，和这种人为伍，容易把你带到邪路上去。善柔，就是阿谀逢迎的圆滑之人，这种人阳奉阴违，言行不一，用今天的话说就是“两面人”“骑墙派”，表态比谁都快，口号比谁都响，调向转头比谁都麻利，但就是不忠、不实，和这样的人交友，容易受骗上当。便佞，是善于花言巧语之人，这种人往往言过其实，骗取你的信任，然后达到某种个人目的。

孔子的益者三友、损者三友，仅仅是孔子所说的交友一般规律，其实，孔子的交友观还有更深几个层面：一个层面是“主忠信，无友不如己者”（《论语·学而》）。这句话是说君子以忠信为重，不要与不重忠信的人交朋友。孔子这句话说明了一条交友原则，那就是志同才会道合，也就是说“道不同，不相为谋”。这是一个大的原则问题，尤其体现在政治观点上，思想决定道路，政治观点不同，不可能殊途同归，即使有所交往，哪怕是亲骨肉其结果也必然会分道扬镳。有时，温暖的亲情会被冰冷的政治稀释掉所有的温度，这样的例子举不胜举。

孔子交友观的另一个层面是“四海之内皆兄弟也”。这句话虽然是子夏说的，却自承是闻自孔子，否则也收不进《论语》。原话是：“君子敬而无失，与人恭而有礼，四海之内皆兄弟也，君子何患乎无兄弟也？”（《论语·颜渊》）这段话很通俗，却告诉人一个交友的道理，那就是好朋友多多益善。仔细想想看，这段话透露出的是孔子的一种开放理念，在人与人的接触上，不能有山头、门户概念，四海之内皆兄弟，多个好友多条路，为什么要刻意地去限制和排斥好友呢？有人说孔子保守、刻板，这实际冤枉了孔子，世界上哪一个保守、刻板的人会有四海之内皆兄弟的胸襟？当然，这种交友不是滥交，更不是不加选择网罗狐朋狗友，前提要符合第一个层面的“忠信”标准。

孔子交友观的再一个层面是“以文会友，以友辅仁”(《论语·颜渊》)。此话虽是曾子所言，但也是孔子的思想。以文会友，就是以道德文章为载体来聚集朋友；以友辅仁就是通过朋友之间的交流切磋来完善道德。这实际是说出了一个交友目的问题。交友，是志趣相投的平等交流，不是豢养门客，不是主仆相随，孔子主张以文会友、以友辅仁非常值得我们借鉴。如果我们能真正弄通悟透了孔子这一交友原则，就不会出现交友利益化、庸俗化的问题，因为孔子主张的交友，实际上是一种仁德上的完善和提升。

今天，我们研究孔子交友观，很重要的一点是挖掘传统文化中的精华，这些精华被历史所湮没，需要我们擦拭尘埃，正本清源，恢复其本来纹理，焕发其应有的光泽，扬精华以炫耀，芳郁渥而纯美。

2. 孔子为何力挺柳下惠

一个“坐怀不乱”的成语，让柳下惠成为家喻户晓的正人君子。柳下惠之所以名垂千古，与孔子力挺有关。柳下惠是生于公元前720年，卒于公元前621年。比孔子（前551—前479年）所在时代早几十年。姓展名获，字子禽，鲁大夫展无骇之子，曾经在鲁国做过一个管司法的小官。孔子称其为“逸民”，是当时的道德模范。

孔子为什么力挺柳下惠呢？其原因在于以下“三同”。

其一道同。柳下惠是孔子心目中君子的典范，两人都属于“君子食于道”的大夫。两人的根本思想是一致的。孔子认为：“君子务本，本立而道生，孝弟也者，其为仁之本与？”（《论语·学而》）。孔子曾夸奖郑国国相子产，认为子产具备君子的四种品质。恭敬惠义，即为人处世很谦逊，侍奉国君很恭敬，养护百姓有恩惠，役使民众合乎道义。孔子称赞子产是“惠人”，而柳下惠去世后，谥号也是惠，在孔子眼中，子产与柳下惠都是同道之人。

柳下惠人生态度是随遇而安、与世无争，不以侍奉水平低下的国君为耻，不以自己官职小为卑下，“遗佚而不怨，厄穷而不悯”（《孟子·公孙丑上》），胸襟有君子之怀，这是孔子十分欣赏的一种君子境界。孔子之所以对颜回的赞誉有加，是颜回的学养修为近乎柳下惠。

其二志同。孔子和柳下惠都是矢志不渝践行自己政治主张的人，两人惺惺相惜很是自然。柳下惠三次遭到罢黜，本来官就不大，后来成了逸民。孔子周游列国十几年，推销自己的政治主张，结果处处碰壁。两人在实现政治理想方面，可谓志同，孔子能找到这样一个忘年知音，证明了“德不孤，必有邻”。（《论语·里仁》）

志在很多时候体现在定力上，志不坚，必然定力不足，柳下惠的定力非常人所有。关于柳下惠“坐怀不乱”的传说就很说明问题。当时，展沟西面有一片树林，一个秋夜，柳下惠路过此地时忽遇老天下雨。他躲到一个破庙里避雨。恰在这时，一年轻女子也到此避雨，年轻女子因衣服湿透，冻得浑身发抖，实在冻得受不了，便央求委身柳下惠怀中抱团取暖。柳下惠自然不肯：“荒郊野外，孤男寡女处在一起本已不妥，你若再坐我怀中，这如何得了。”年轻女子说：“世人说大夫是品德高尚的贤人，我虽然坐你怀中，大人只要不生邪念，又有何妨？我若因寒冷病倒，家中老母便无人服侍，你救我便是救我母女二人。”柳下惠思忖再三，觉得女子所言有些道理，便让女子坐到自己怀中，两人相拥而眠。大雨下了一夜，两人相抱半宿，期间，柳下惠闭目养神，纹丝不动。天明雨晴，女子夸赞说：“人言展大夫是正人君子，果然名不虚传。”

其三气同。柳下惠坚持“以直道事人”，这与孔子以直报怨的秉性不谋而合。柳下惠特别讲诚信，从来不要有违诚信的小聪明，哪怕面对霸凌主义也是如此。当时，齐国比鲁国强大。据《国语》记载，齐国国君派人向鲁国索要一件传世宝物岑鼎。自家传家宝物怎么能拱手让人，鲁庄公舍不得，却又怕得罪齐国，便想弄一个赝品糊弄齐国。齐国人说：“我们齐国人只相信以真诚、正直闻名天下的柳下惠，如果柳下惠说这尊鼎是真的，我们才放心。”鲁庄公派人来找柳下惠，希望他出面作证。柳下惠说：“信誉是臣下一生唯一的珍宝，如果说假话，那就是臣下自毁珍宝。以自毁珍宝为代价来保住你的珍宝，这样的事不能干。”鲁庄公无奈，只好把真正的岑鼎送给了齐国。

柳下惠退居柳下后，开始招收弟子，传授礼义，深受弟子爱戴。孔子三十岁左右开始办私人学校，两人谋生的职业几近相同。孔子号称“弟子三千”，柳

下惠也弟子若干。柳下惠去世后，弟子们商议谥号，为老师一生德行盖棺定论。他的妻子当场口述一篇诔文:“夫子之不伐兮，夫子之不竭兮，夫子之信诚而与人无害兮。屈柔从俗，不强察兮。蒙耻救民，德弥大兮。遇难三黜，终不弊兮。恺悌君子，永能厉兮。嗟乎惜哉，乃下世兮。庶几遐年，今遂逝兮。呜呼哀哉，鬼神泄兮。夫子之谥，宜为惠兮。”(《列女传·贤明传·柳下惠妻》)柳下惠妻子这篇诔文，言简意赅，给柳下惠一生做了很好的概括。

柳下惠在各诸侯国有相当大的影响。“昔者秦攻齐，令曰:‘有敢去柳下季垄五十步而樵采者。死不赦。’”(《战国策·齐策四》)秦攻齐，中间要经过鲁国。秦军下令保护柳下惠在鲁国的墓地，并规定在柳下惠墓地五十步以内砍柴的人要处以死刑。柳下惠在各诸侯国的影响由此可见一斑。孔子去世后，弟子们守陵三年，子贡守陵达六年，几百年后祭奠之人仍然不绝。两人都留下了极好的声誉，孔子被称“至圣”，柳下惠被称“和圣”，两人成了历史上名副其实的圣人。

3. 孔子眼中的法与情

有人用孔子说过的一句话来指责孔子，说他因情枉法——“父为子隐，子为父隐，直在其中矣！”(《论语·子路》)

孔子这句话并不是说他自己要这么做，而是说本乡的人如果出现父亲偷羊的犯罪行为，儿子不会去官府告发，而儿子会替父亲隐瞒，父亲替儿子隐瞒，正直就在这种隐瞒当中。

用现在的法理来看，孔子这是主张包庇，父子相互隐瞒犯罪行为，岂不都是犯罪？但是，如果把这个问题拿到当时的社会中分析，就会觉得孔子的话充满情与法相融合的智慧。

首先看，为什么要隐。法令的制定，目的在于规范社会关系，而社会关系中父子关系无疑是极为重要的，如果因为执法，使这一关系遭到破坏，这便有违法律制定的初衷。发现父亲偷羊，做儿子的无奈之下选择“隐”，这是没有办法的办法。如果不“隐”，父亲会遭受惩罚，虽然罪不至死，但苦役、囹圄之灾恐怕难免。儿子知道父亲在监狱里遭罪，儿子心里会是何种感受？在告和隐两种选择面前，儿子选择后者是可以理解的。

其次，为何直在其中。叶公沈诸梁当时对孔子说："吾党有直躬者，其父攘羊，而子证之。"（《论语·子路》）就是说我的家乡有个正直的人，他的父亲偷了人家的羊，他告发了父亲。叶公所说并不是偷羊本身，而是想说"直躬者"，也就是说正直的人，孔子回答当然也是围绕着"正直"来说，孔子认为，父为子隐，子为父隐，正直就在其中了。孔子这句话的逻辑根据是孝和慈，一个儿子，为了孝道不惜冒囹圄之险，这本身就是正直；而一个父亲，为儿子背黑锅，这也是需要勇气的，一个有勇气的人，必定也是正直的人。反之，如果一根麻绳把亲人捆了去见官，这在人伦上该是多么残忍的行为！出现这种行为，一般情况下不是有多么高的觉悟，无非怕自己受到牵连，想尽快划清界限而已。

再者，要看隐的是什么事。孔子是讲原则的，在大是大非问题上绝不含糊。叶公说的是一件"偷羊"的事情，在乡下，偷猪羊鸡这样的小偷小摸行为很常见，属于日常纠纷，不是什么杀人越货、人命关天的大事，孔子对此没有上升到置顶的礼制要求，所以才能容忍隐，如果是原则大事，孔子的态度一定会发生改变。

孔子说过："君失之，臣得之；父失之，子得之；兄失之，弟得之；己失之，友得之。"（《孔子家语·六本》）也就是说君臣、父子、兄弟、朋友之间应该真诚地相互忠告、补缺，不能眼看着对方出事而无所行动。良药苦口利于病，忠言逆耳利于行。商汤和周武王因为能听取进谏的直言而使国家昌盛，夏桀和商纣因为只听随声附和的话而国破身亡。国君没有直言敢谏的大臣，父亲没有直言敢谏的儿子，兄长没有直言敢劝的弟弟，士人没有直言敢劝的朋友，要想不犯错误是不可能的。可见，孔子主张在法理的框架内，应该更多发挥情感的作用。

孔子的学生闵子骞到费地当县令，向孔子请教施政办法，子曰："以德以法。夫德法者，御民之具，犹御马之有衔勒也。君者，人也；吏者，辔也；刑者，策也。夫人君之政，执其辔策而已。"（《孔子家语·执辔》）这段话的意思是：用德政和法制来施政。德政和法制是治理民众的工具，就好像驾驭马用勒口和缰绳一样。国君好比驾马的人，官吏好比勒口和缰绳，刑罚好比马鞭。君王执政，只要掌握好缰绳和马鞭就可以了。这段话很好地体现了孔子的法治思想。马鞭，不一定要鞭鞭抽实，有时空爆一鞭也会达到让马儿奔跑的目的，抽不抽实，这就要从效果来考虑了。

我国《刑事诉讼法》第一百九十三条规定（2018年修正版），经人民法院通知，证人没有正当理由不出庭作证的，人民法院可以强制其到庭，但是被告人的配偶、父母、子女除外。这条法规便是在综合考虑法与情基础上做出的，是值得点赞的良法。

4. 孔子的婚姻观

孔子对婚姻持什么态度，很多人对此感兴趣，因为社会上一种有种错误认识，认为孔老夫子歧视女性，对老婆也一定会居高临下，呼来唤去。事实不是这样，我们不妨看看孔子与鲁哀公一段对话。

鲁哀公问:“敢问为政如之何？”

孔子回答说:“夫妇别，男女亲，君臣信，三者正则庶物从之。”(《孔子家语·大婚解》)

鲁哀公问如何治国理政，孔子怎么说到夫妻、男女上来了呢？这是因为，孔子非常重视夫妇。男女之道，因为家是最小国，国是千万家，家国之间，道理是相通的，一个家庭，夫妇互相不尊重，男女之间毫无亲情可言，那么如同一个国家君臣之间不讲信义，这个国家怎么能治理得好。

孔子又说:“大婚，万世之嗣也。”(《孔子家语·大婚解》) 这是把婚姻大事放在了长远视域下来对待，不能等闲视之。过去，一个男人发达了，就三妻四妾娶个没完，这便把婚姻大事当成了儿戏，没有考虑“万世之嗣”的严肃性。孔子一生只娶了一个亓官氏，给弟子们做出了榜样，弟子中发达者不少，但纳妾者少有，这不能不说是受老师影响所致。孔子的儿子孔鲤虽然纳有一妾，那是因为孔鲤的原配不能生育，为了孔门有子嗣接续传承，孔子才同意儿子纳妾，孔鲤纳妾后生了孔伋，这时孔鲤已经快到知天命之年。孔鲤早逝后，孔子让儿媳改嫁，去开始新的生活，这说明孔子对婚姻问题多从人性上来考虑。后世搞的所谓“从一而终”“贞洁牌坊”等泯灭人性的形式主义，与孔子没有任何的关系。

孔子还说：“昔三代明王，必敬妻子也，盖有道焉。妻也者，亲之主也，子也者，亲之后也，敢不敬与？是故君子无不敬。”（《孔子家语·大婚解》）这段话的意思是：夏商周三代贤明的君王治国理政，必定敬重他们的妻与子，这是有道理的，妻乃家中之主，子乃祖先之后，敢不敬重吗？所以说君子没有不敬重妻子的。

孔子这些话，传达出一个重要理念，夫妻之间要恩爱，恩爱应该表现为相敬如宾，一个“敬”字，把爱的境界提高到置顶的高度。如果不是对女性发自内心的尊重，是说不出此番话语的。

有人写文章说孔子是一个白眼仁多，黑眼仁少，鼻孔外翻，牙齿缝大，脑袋四周高中间低，活像个倒扣的痰盂，而且个头也不高的人。如果真有人生成这等模样，谈恋爱时遭女性拒绝取笑，落下心理阴影也不是不可能，因此说孔子对女性心里有阴影，这种把现代可能出现的情况复制到孔子头上的结论，应该是臆测了。

还有人用《礼记》中问子思的一句话，说孔子离过婚，这件事因为缺少佐证，还是谨慎对待为好。更何况孔子若是为了子嗣，可以像父亲那样去做，没有必要“出妻”，我们还是少糟蹋一点这位提倡仁义的老夫子为好。

5. 孔子怎样看优伶

古之优伶，今日指演艺人士，孔子如何看待这个群体，需要仔细考证一番。在古代，许多人因为出身优伶而被拒科举门外，由此便得出结论，孔子鄙视这一行当，认为是下九流之列，登不了大雅之堂。

这么去推断孔子，得出的结论是片面的，孔子的真实思想是在臆断。在孔子那个时代，优伶就有了雅俗之分，一般来说，用于庙堂庄重仪式的舞乐是雅乐，而为了取乐表演则是大众的，可以称为俗乐。孔子并不反对大众娱乐，但是如果把这种杂要搬到庄重严肃的场合，那是孔子坚决不能允许的。据史料记载，孔子主持鲁国政事时，鲁齐两国有一次外交活动，活动时，齐国组织了一些侏儒杂要到鲁定公幕下厅前表演，低俗不雅，孔子依据条律“荧惑于诸侯者诛”，让有司将这些优伶斩首。这件事的处理看上去很过分，但对齐国国君的影响很大，认为孔子这是依礼法治国，大是大非面前绝不含糊。当然，对孔子杀侏儒是杀了一个还是杀了一群的问题，人们有争议，这是另外的话题。

孔子对雅乐迷恋很深，据《论语·述而》记载："子在齐闻《韶》，三月不知肉味。曰：不图为乐之至于斯也！"因为《韶》乐的美妙动听，让孔子三个月忘了肉的滋味，达到了一种忘我的境界。《韶》乐是夏、商、周三代帝王作为国家大典的用乐，《韶》乐集诗、乐、曲、舞为一体，演出阵容可观，动用乐器众多，孔子在学习《韶》乐中受到了强烈的感染，进而生出对这部古代宫廷雅乐的崇敬之情。欣赏《韶》乐，必然爱屋及乌，也会欣赏表演者、演奏者，不可能情感上产生分裂，由此可以推断，孔子对优伶并不抱有什么成见。

其实，优伶的出现并不是在春秋时代，早在夏商周就有了，优伶表演成为国家活动的重要组成部分，是属于教化范畴不可或缺的活动形式。崇尚周文化的孔子，一贯重视礼乐的教化作用，不可能对优伶抱有成见。

如果说孔子诛杀侏儒是看不上身体有残疾的优伶那就错了，据《论语·卫灵公》记载，一个叫冕的乐师来见孔子，走到台阶边，孔子就提示他这里有台阶，走到座席边，孔子又提示他这里有座席，等大家都坐好后，孔子又一一介绍，说某某在这里。孔子为什么要这样做？因为冕是个盲人，古代乐师盲者居多，孔子这样照顾一个盲人乐师，足见对冕的尊重。

人们都知道汉代因为董仲舒向汉武帝提出了“罢黜百家，独尊儒术”的建议，使儒学成为名副其实的官学，就是在儒学中兴的汉代，“乐府”得到了繁荣兴盛。如果儒家的鼻祖孔子反对优伶，“乐府”产业何以能蓬勃发展？

那么，孔子对待优伶到底是个什么态度呢？笔者斗胆揣摩，无非以下几点：第一，不以表演者分尊贵，而以雅俗定优劣。了解孔子的人都会有一个共识，那就是反三俗自孔子始，孔子之所以说放郑声，就是要禁绝郑国的音乐，就是因为郑声淫，所谓“淫”，用今天的话说就是有点靡靡之音的味道，孔子认为这样的三俗音乐，对人没什么益处，不应该提倡。孔子对卫国的音乐也是很鄙视，认为是“乱世之音”，循吏应该“耳不闻郑卫之音，手不持珠玉之玩”。但是查遍典章古籍，却找不到孔子对表演这些俗乐的优伶的批判，可见孔子是对乐不对人。

第二，优伶作为一种职业，应该受到社会的尊重，应该肯定其价值。孔子年轻时做过两个小差事，一个是乘田，一个是委吏。乘田，就是管理牛羊的小吏，说是小吏，其实就是一个饲养员。孔子在乘田这样的职位上，干得很出色，把牛羊饲养得膘肥体壮。委吏，是仓库的保管员，孔子做这个工作也非常称职，把账目记得清清楚楚。由此看，孔子做过基层小吏，体验过底层生活，对底层百姓谋生之辛苦是同情的，依孔子的道德观，不是那种得意便忘本之人，优伶之心酸他能感同身受。

第三，为官者对音乐要爱而不迷，进得去、出得来。前文曾谈论过鲁定公十四年，齐国担心鲁国强大起来，便用了一计，给鲁国赠送宝马三十驷，美女八十人，让这些培训过的美女表演歌舞《康乐》，结果鲁定公果然中招，导致心灰意冷的孔子辞官而去。孔子并不是反对鲁定公欣赏《康乐》，但是，爱任何事物都要有个限度，爱而不迷乃英豪，鲁定公沉迷优伶表演而不能自拔，以后不会很好，果然，孔子辞官三年后，执政十五年的鲁定公便死了。

遗憾的是，自宋以后，表演雅乐的优伶们越来越少，郑卫之音却大行其道，不过，这是孔子去世一千多年后的事了。

6.“学我者生，似我者亡”

《孔子家语·好生》载，鲁人有独处室者，邻之嫠妇，亦独处一室。夜，暴风雨至，嫠妇室坏，趋而托焉，鲁人闭户而不纳，嫠妇自牖与之言：“子何不仁而不纳我乎？”鲁人曰：“吾闻男女不六十不同居，今子幼，吾亦幼，是以不敢纳尔也。”妇人曰：“子何不如柳下惠然？妪不逮门之女，国人不称其乱。”鲁人曰：“柳下惠则可，吾固不可。吾将以吾之不可，学柳下惠之可。”孔子闻之，曰：“善哉！欲学柳下惠者，未有似于此者，期于至善而不袭其为，可谓智乎！”这个故事的大意是：鲁国有一独居男子，隔壁住着一位寡妇。一个暴风骤雨之夜，女人住房坏了，于是来敲男子家门，恳求入户躲避风雨，男子为避嫌，闭户不纳。女子隔着窗户对男子说：“您为何不发散仁爱之心，让我进屋躲避风雨？”男子说，我听说男人和女人不到六十岁不可以同居一室，现在你年轻我也年轻，因此不敢开门让你进来。女子说：“您为什么不能像柳下惠那样呢？柳下惠把无家可归的女子当老妇来救助，国人并没有说他淫乱的。”男子答道:“柳下惠可以坐怀不乱，我则不可。我将以我之不可，学柳下惠之可。”后来孔子听说此事，称赞该鲁国男子:“学柳下惠而不生搬硬套。真聪明呀！”

孔子夸赞这个独居鲁人理由很简单，肯定这个独居的鲁人定力非凡，他不开门，什么事便没有发生，一旦开了门，接下来的事就不是那么容易把握了。孔子表扬他，自然有表扬的理由：第一，柳下惠避雨的破庙是公共场所，柳下惠和那个饥寒交迫的女子在破庙中居于一室，是一种避险行为，这个年轻寡妇要进入的是男子的家，家属于私人居所，年轻寡妇进来，好说不好听。第二，柳下惠与那个避雨的女子素昧平生，两人是雨中邂逅，次日雨过天晴，两人从此天各一方，互无挂碍，而这个借宿的女子是自己的邻居，两人低头不见抬头见，一旦有了同居一室的秘密，关系便很难说清楚。第三，鲁人大概知道自己不是柳下惠那样的圣人，没有坐怀不乱的本领，孤男寡女，干柴烈火，开门之后，后面的剧情怎样发展难以预料，所以，还是闭门不开为上策。因为门一旦开启，想关上就难了。正是基于这些原因，孔子对鲁人的做法大加赞赏。

孔子通过表扬鲁人的做法来告诉人们，学习柳下惠，不能简单地去模仿，须知，人性是经受不住考验的，明白情网难以摆脱，还是不要堕入为好，因为你一个光棍汉，不像柳下惠那样有个知书达理的妻子，送到嘴边的“肥肉”，万一忍不住偷吃一口，是悲剧还是喜剧只有天知晓了。

网上一直流传这样一个帖子，丹麦著名医学家、诺贝尔得主芬森晚年想培养一个接班人，在众多候选者中，芬森选中了一个叫哈里的年轻医生。但芬森担心这个年轻人不能在十分枯燥的医学研究中坚守。芬森的助理乔治提出建议：让芬森的一个朋友假意出高薪聘请哈里，看他会不会动心。然而，芬森却拒绝了乔治的建议。他说：“不要站在道德的制高点上俯瞰别人，也永远别去考验人性。哈里出身于贫民窟，怎么会不对金钱有所渴望。如果我们一定要设置难题考验他，一方面要给他一个轻松的高薪工作，另一方面希望他选择拒绝，这就要求他必须是一个圣人……”最终，哈里成了芬森的弟子。若干年后，哈里成为丹麦医学家。当他听说了芬森当年拒绝考验自己人性的事，老泪纵横地说：“假如当年恩师用巨大的利益做诱饵，来评估我的人格，我肯定会掉进那个陷阱。因为当时我母亲患病在床需要医治，而我的弟妹们也等着我供他们上学，如果那样，我就没有现在的成就了……”

这个故事也说明，人性是经受不住考验的。鲁人不接受避雨女人的考验是聪明的选择，能像柳下惠那样坐怀不乱的圣人，也许很多才能出一个。

五、明辨篇

1. 黑格尔对孔子的误读

黑格尔是德国著名哲学家，其学说是马克思主义哲学的重要来源之一，因为这个原因这位老先生对于国人来说并不陌生。但是很少有人知道，这位以否定见长的老人对孔子也持批判和否定态度，在黑格尔眼中，孔子就是一个世俗老头儿，用一些经验类的格言警句来糊弄人。黑格尔在《哲学史演讲录》认为："孔子是一个实际的世间智者，在他那里，思辨哲学是一点也没有的——只有一些善良的、老练的道德的教训，从里边我们不能获得任何特殊的东西。"《论语》从内容上看，要求臣对君、子对父以及兄弟之间尽义务，"这种义务的实际只是形式的，不是自由的内心的情感，不是主观的自由"；"孔子的哲学就是国家哲学"。在中国，只有皇帝一个人有自由，其他人一律没有自由，一切政令都出自皇帝，"臣民都被看作还处在幼稚的状态"；君臣关系是家庭的放大；等等。

那么，事实真像黑格尔所说的那样吗？回答显然是否定的，因为黑格尔对孔子了解甚少，只是凭几条翻译不全的《论语》就下了结论。与黑格尔思想相反的是法国启蒙思想家伏尔泰，这位比黑格尔几乎年长一个世纪的思想家对孔子的了解就比较全面，而且能将孔子置于中国文化的大背景中去加以研究。这是因为伏尔泰将孔子的学说贯通起来，而不是孤立地去读几条《论语》。

伏尔泰在《论孔子》中写道：“没有任何立法者比孔夫子曾对世界宣布了更有用的真理。”“‘己所不欲，勿施于人’是超过基督教义的最纯粹的道德。”1793年，罗伯斯庇尔起草的法国《人权和公民权宣言》以及1795年《人和公民的权利和义务宣言》都写入了孔子的名言“己所不欲，勿施于人”，分别定义为自由的道德界限和公民义务的原则。“己所不欲，勿施于人”，这句《论语》中的名言能镌刻在纽约联合国总部的大厅里，被誉为处理国家关系的“黄金法则”，这足以说明伏尔泰的见地是敏锐而正确的。

那么，黑格尔为什么会误读孔子呢？原因大概如下：一是没有系统地研究孔子。研究孔子，不能只看一本《论语》，还要读孔子为《易经》所作的《十翼》，要读孔子编纂的《诗经》，读孔子作的《春秋》，因为《论语》是孔门弟子根据孔子言论记录而成，所以没有黑格尔所说的逻辑和论证；二是没有从中国文化的视角来看待孔子，黑格尔用德国哲学的视角和标准来审视孔子，不可避免地会出现误差，就像我们读黑格尔的著作一样，如果从中国文化的视角来看，黑格尔是一个登峰造极的诡辩家，这种评价是文化的差异性所致；三是黑格尔把中国社会出现的问题简单地归结到孔子身上，这是不公平的。黑格尔时代，中国已经没有了伏尔泰所处时代时中国的强盛，进入到一种相对没落的时期，作为思想家，自然要分析导致这种局面的原因，这个时候，占统治地位的儒家思想就会成为黑格尔的批判对象，孔子自然首当其冲。

黑格尔对孔子的批判可以理解，因为批判精神是黑格尔的哲学特色，且不说黑格尔研读了几篇孔子著作，即或他读了，这些著作是谁翻译的，翻译得是否准确也很值得质疑。中国的文言文，一言胜十语，那个时候没有资料记载有哪个著名的德国汉学家在搞译介，仅仅凭几个传教士那点三脚猫训诂本事，又如何能翻译出《论语》的博大精深？更何况传教者因为宗教的排他性因素，不可能去崇尚孔夫子，要知道孔夫子是不语“乱力怪神”的，而且对“六合”之外也都存而不议，这种朴素的唯物思想是传教士所不能接受的。

因为文化的隔阂和信息的匮乏，黑格尔对孔子的误读是不可避免的，但是在今天，很多人不做任何分析将黑格尔的只言片语奉为圭臬，选择性地引用黑格尔的评价来否定儒家思想，这就是一种浅薄了，是一种缺乏文化自信的表现。今天任何一个了解中国传统文化的人，都会认为黑格尔的说法过于偏颇。

在这里不得不说的是，黑格尔的一些名言要换个角度去读，比如“存在即为真理”这句话，就欺骗了德国皇帝许多年，因为这句话还隐喻了另一层含义：凡是合理的必然都是现实的，而现实的都是应当灭亡的。

2. 祭祀之所以为祭祀

《论语·先进》中有这样一段记载，当弟子季路向孔子请教人死之事时，孔子说了这样一句名言:“未知生，焉知死？”一般情况下，人们很难理解孔子这样的回答，因为从小就非常注重祭祀之事的孔子，应该对生死大事有一种比较成型的观点，怎么会这样回答季路的提问呢？

要回答这个问题，就得弄明白孔子对祭祀目的的认识。

季路当时提出了两个问题，一个是问服事鬼神的方法。孔子的回答是:“未能事人，焉能事鬼？”就是说活人还不能服事，怎么能去服事死人？第二个问题就是问死之事，孔子便有了“未知生，焉知死”的回答，就是说生的道理还没有弄明白，怎么能够懂得死？

把两个问题的答案联系起来，我们会发现，孔子在生与死、人与鬼之间，关心的是前者而不是后者，这是孔子一贯的世界观，符合他“仁”的倡导。由此，我们不难得出这样一个结论：孔子的祭祀，主要是为了生者。通俗地讲，祭祀死者是给活人看的。

细读孔子的有关文献，可以归纳出以下几条理由来佐证这一结论。

“敬鬼神而远之。”(《论语·雍也》)

鬼神迷信是殷周开始流行的传统观念。殷周时代的人们对鬼神的存在深信不疑。他们认为自然和社会中的现象都由神来支配。但到了春秋时代，这种信仰发生了动摇，人们开始怀疑社会和自然中的一切是否真的是由神来支配的。孔子正是顺应了这一进步的潮流，对鬼神采取了一种敬而远之的务实态度。他一方面不否认鬼神的存在，一方面又不认为鬼神能决定人们的命运。“敬鬼神而远之”，就表明了他的这一立场。孔子为什么要用一个“远”字？其中寓意颇令人寻味，后人把这句话衍变成一个“敬而远之”的成语，其中仍然包含了孔子的原意。大凡要敬重的人和事，都必须有一定的距离，这是一种正常的审美心理，“远则敬，近易狎”，所说的也是这种心理。对任何事情，了如指掌后就会失去一种神秘感，而这种神秘感是被敬者头上的一圈光环，这圈光环打破了，被敬的程度也就打了折扣，这就是“远方的和尚会念经”的原因。对鬼神，就是要保持一种与现实相应的距离，不迷不即，才能产生“敬”的效果。

“祭如在，祭神如神在。”(《论语·八佾》)

孔子这句话也说明他对鬼神的态度。祭祖，就好像祖宗在眼前一样，不能敷衍，不能不恭敬；祭神灵，就要像神灵在眼前一样，也不能马马虎虎。这既是要一种认真的态度，又是要一种祭祀的效果，所以孔子说过，如果我不能前去祭祀，我是不让别人代为祭祀的。因为祭祀需要的是真诚，没有了真诚，祭祀也就没有了意义。孔子的话我们还可以这样理解：即使鬼神真的不存在，你祭祀的时候也要当他们存在。因为祭祀所要表达的是自己的一种寄托、一种感情，至于神灵能否知道，也只有心到神知了。

“慎终追远，民德归厚矣。”（《论语·学而》）

既然鬼神不能决定人们的命运，那么孔子为什么还高度重视丧葬和祭祀呢？他的目的当然是为了“民德归厚”。“慎终”，是指谨慎地对待父母的死亡。古代老死为“终”，慎终，就是要在装殓、埋葬、守孝等事情上必诚必信，无遗憾愧悔。“追远”，是追念远祖。这两句话的意思是谨慎地料理父母的丧事，追念远代祖先，会引导百姓忠厚老实。这使我们想起了毛主席的一段话，就是“今后我们的队伍里不管死了谁……只要他是做过一些有益的工作的，我们都要给他送葬，开追悼会。”从某种程度看，毛主席这一说法也是一种“慎终追远”，其目的也是为了教育后人和活着的人，使“民德归厚”。

“非其鬼而祭之，谄也。”(《论语·为政》)

祭祀虽然是给活人看的，但不能没有诚意，更不能把它作为取悦于人的手段。祭祀毕竟是一件十分庄重的事情，唯有充满诚意，才能打动人心。孔子认为：如果不是自己的祖先也去祭拜，这就成了一种献媚。孔子的这个观点非常好，他说明了祭祀的一个重要原则，那就是祭祀的血缘联系。正是有了血缘上的联系，祭祀才能使人惶恐，才能成为一种有效的教育手段。在这种教育形式的作用之下，古人最担心的就是辱没祖先，进不了族谱，使自己死后成了无人祭拜的孤魂野鬼。而古人最为自豪的事就是光宗耀祖，封妻荫子，泽被后人。不是自己的祖先也去祭祀的做法，使祭祀成为一种虚假的形式，与孔子希望的祭祀的目的相去甚远，所以孔子反对这样做。现实生活中的确不少这样的现象，一些人仅仅出于某种利益的需要，就去参加某某的葬礼，去了又“临丧不哀”，在那么一种场合说说笑笑，相互寒暄，此种现象正是对孔子这一观点的最好诠释。

“子不语怪、力、乱、神。”(《论语·述而》)

孔子从来不谈论怪异、暴力、叛乱和鬼神。分析这个问题很有趣：怪异、暴力、叛乱是孔子极其反对的事情，孔子不去谈论可以理解，那么鬼神怎么能和这三件事情相提并论呢？不管怎么说孔子对鬼神还是心存敬畏的，把它放到这里来讲似乎把鬼神也当成了令人讨厌的东西。其实，孔子在这里已经表示出他对鬼神的怀疑，他不谈论鬼神，一是因为祭祀的对象不能轻易谈论，谈论这样的话题有不敬之嫌；二是谈论这个问题也是妄谈，是一种空对空的议论，谈论再深也是“言不及义”，于身于事都没有益处，所以孔子不主张谈论鬼神。孔子在这个问题上的思想已经有了无神论的萌芽，受历史局限，他不可能有更超前的阐述，但从他自已不在鬼神问题上花费更多精力来看，他是一个相当现实的人。这也反过来证明了孔子的祭祀是为现实服务的。

3. 孔子出生之谜

名人八卦、传闻多，在信息不发达的古代也是如此。关于孔子的出生之谜，就有多个版本。崇孔尊孔年代，孔子被说成是“龙生虎乳鹰打扇”；批孔贬孔时期，孔子就成了灰头土脸的私生子，这本来都是后人附会演绎的故事，不能盲目相信。细究起来，关于私生子一说，出自司马迁《史记·孔子世家》：“孔子生鲁昌平乡陬邑。其先宋人也，曰孔防叔。防叔生伯夏，伯夏生叔梁纥。纥与颜氏女野合而生孔子，祷于尼丘得孔子。鲁襄公二十二年而孔子生。生而首上圩顶，故因名曰丘，字仲尼，姓孔氏。”这段话大意是：孔子出生在鲁国昌平乡的陬邑。他的祖先是宋国人，叫孔防叔。防叔生伯夏，伯夏生了叔梁纥。叔梁纥年老时娶颜姓少女才生了孔子，他们到尼丘山向神明祷告后而得孔子的。鲁襄公二十二年孔子诞生。他刚出生时头顶是凹下去的，所以就给他取名叫丘。字仲尼，姓孔氏。

读过以上文字，很多人把注意力用在了“野合”上，进而由野合，得出了私生子一说。那么，“野合”

究竟是什么意思呢？在传承了周礼的鲁国，礼法思想根深蒂固，根据礼制，男人结婚年龄在十六至六十四岁之间，女性结婚在十四岁至四十九岁之间。据考证，孔子父亲叔梁纥成婚时已经六十六岁，而母亲颜徵在只有十五岁，两人年龄相差悬殊，在当时不合礼法，虽然父母之命、媒妁之言皆备，但还是被称为野合。所以说在司马迁之前四百多年间，人们传说的野合，并不是后人赋予的“野外交媾”，而是相对于礼法而言。

叔梁纥是名门之后，自身是战功卓著的陬邑大夫，而且一向威严严肃，让这样的人到郊外行苟且之事难合常理。叔梁纥妻子施氏生了九个女儿，唯一一个儿子孟皮还是个跛脚，在当时讲究家族传承的大背景下，再娶年龄尚小的颜徵在，也是不得已的事。《孔子世家》中记载，说颜家有三个女儿，徵在最小，但颜父提出叔梁纥求婚一事时，两个姐姐都表示反对，只有最小的徵在表示听从父亲的安排，这一记载虽然不足信，但至少说明当时走了说媒的程序。既然已经明媒正娶，再偷偷摸摸野合，岂不是多此一举。

说孔子是私生子的人，会提到一个根据，那就是《周礼·地官司徒·师氏媒氏》规定：“中春之月，令会男女，于是时也，奔者不禁，若无故而不用令者，罚之。”好像这个规定给野合找到了根据，其实这是误读，古代的男欢女爱还没有开放到那个程度，这个“会”应该是合乎规定年龄的男女青年，如果没有其他的原因，应该在春天这个季节到有司那里报告结婚，而不是鼓励男女到外面私奔。《孟子》认为私奔是很低贱的事，国家怎么会鼓励呢？所以以此来判定颜徵在和叔梁纥之间是美女爱英雄，穷家女追求富贵哥那就错了。叔梁纥虽为陬邑大夫，但家道中落，并不富裕，三岁丧父的孔子后来说自己小时候“吾少也贱，故多能鄙事”(《论语·子罕》)。如果家境优渥，孔子也不至于去做赶车人和仓库保管员这样的差事。

还有一个根据。颜徵在在尼山附近一处荒坡上生下了孔子，那山以后便被叫作“颜母山”。颜氏生下孔子，口渴难耐，便到一井边，因无力取水，扳倒了井壁，井水流出，便有了“扳倒井”的传说。颜氏野外生孔子一说被用来反推孔子是私生子，因为如果不是私生子，何必到外面去生，而且还出现了一个“扳倒井”的传说，这实际是后人根据“野合”一说演绎出的故事罢了。一个大夫之家的女人生孩子，日子再窘迫也不至于流落野外，很显然，这个故事是根据颜徵在到尼山去祷告求子一事发挥而来。叔梁纥娶颜氏目的很明确，就是为了生一个健康的儿子，婚后为了求得神灵保佑去尼山庙中求子，这是很自然的事。不能过多演绎，哗众取宠。

还有人觉得孔子母亲去世后，孔子“不知其墓，殡于五父之衢”。用不知父亲墓地这个事来证明孔子是私生子，这是不了解孔子之前祭祀先祖的习俗。

孔子之前，鲁国在丧葬上主张“不封不树”，不举行“墓祭”，祭祀都是在家庙祠堂中进行，这是因为古代交通不便，郊外野兽也多，到墓地祭祀极为不便，叔梁纥已经去世十四年，又埋葬在离曲阜十多公里的防山，找不到墓地是很正常的事情。孔子在一位车夫妻子指点下才找到了父亲墓地，合葬了父母，并筑起一个坟堆，这等于开创了一种墓祭的丧葬文化。后来孔子去世，弟子们守墓三年乃至六年，便是来源于此。

其实，今天争论孔子是不是私生子这样的问题已经没有意义。孔子是私生子又有何妨？历史上传说秦始皇就是私生子，这并没有影响他一扫六国，建立大秦帝国。孔子不管是不是私生子，人们高山仰止的是他的学问，丝毫不影响孔子伟大思想的光辉。

4. 孔子是丧家犬吗

巴金先生曾经说孔子是“丧家之犬”并广为流传，一位教授也写了一部关于孔子的书，叫《丧家犬》。孔子是丧家犬这一说法不是空穴来风，它出自《史记》。司马迁在《史记·孔子世家》中写道：“孔子适郑，与弟子相失，孔子独立东郭门。郑人或谓子贡曰：‘东门有人，其颡似尧，其项类皋陶，其肩类子产，然自要（腰）以下不及禹三寸，累累若丧家之狗。’子贡以实告孔子。孔子欣然笑曰：‘形状，末也。而谓似丧家之狗，然哉！然哉！’”这段话译成白话大致是这样：孔子去郑国，不小心和弟子走散了。孔子一个人孤零零站在城东门。有个看到孔子的郑国人对正在寻找老师的子贡说：“东门口有个人，他的额头像尧，他的后颈像皋陶，肩膀像子产，腰部以下比大禹短三寸，憔悴颓废得像失去主人的狗。”子贡将这些话告诉了老师，没想到孔子欣然笑了，说形容我的模样，是无所谓的小事，然而说我像丧家犬狗，确实是这样啊！确实是这样啊！

这就是有关孔子是丧家犬一说的由来。

那么，这个郑人所说，是褒还是贬？为什么称孔子为丧家犬呢？这是一个应该厘清的问题，否则谬种流传，贻误后人。

对此，我们要上下文联系来看，郑人在城东门看到孔子，是用哪些人物在比较。这个郑人是谁，今天无法考证，但从他引用的历史名人来看，这是一个有知识的人，知道历史上的圣明君主。尧，是传说中的“五帝”之一，帝喾之子，十三岁获封，二十岁为天子，老了禅让于舜。他制定四时成岁，置谏言之鼓，立诽谤之木，可谓德高望重，被后人称为圣人。郑人说孔子头脸像尧，是说孔子有先圣之相。皋陶是上古传说中的人物，是与尧、舜、禹齐名的“上古四圣”之一，皋陶的主要功绩在于制定刑法和教育，帮助尧和舜推行“五刑”“五教”。今天司法机关常用獬豸标志，就源自皋陶，皋陶的“罚弗及嗣，赏延于世，宥过无大，刑故无小，罚疑惟轻，功疑惟重”(《尚书·大禹谟》) 在司法上影响深远。孔子是主张礼教和教化的，郑人说孔子后颈像皋陶，有望其项背之意。子产是郑国人，与孔子年代相当，在郑国享有非常高的威望。子产死后，郑国的男子丢掉玉佩，妇女丢掉耳环，聚哭了三个月，乐器都停了下来。孔子闻讯也为之流泪，评价子产是“古之遗爱也”。子产不毁乡校的典故更是被后人所传颂，这种执政的宽宏大量有着浓厚的民主情怀。子产的“其所善者，吾则行之，其所恶者，吾则改之，是吾师也。”（《左传·襄公十三年》）一段话就是在今天仍有借鉴意义。郑人说孔子的肩膀像子产，是在比喻孔子的担当。至于大禹则不必赘言，因为禹是人人敬仰的先圣，孔子身段像禹，这是一种赞许。

那么，为什么郑人在最后忽然来了个大转弯，说孔子“累累若丧家之狗”呢？

这里面，有两个关键词，家与狗。

家与国在春秋时代是少有分割的，家国一体，这是诸侯国的特征。孔子周游列国，推销自己的齐家治国之道，前提是什么？是因为鲁国的国君和执政的大夫迷恋女色宝马，孔子不肯妥协才离家去国而走，这在郑人看来就是“丧家”，此语意在讽刺丧家的国君，而非讽刺孔子。也就是说，丧家的责任不在孔子，孔子的忠诚无所寄托才去周游列国。狗在孔子时代是不是充满贬义笔者不知，但狗对主人的忠诚却是公认的，孔子像一条忠实的老狗一样为国家看门守院，却落得无家可归的下场怎不令人唏嘘。于是，郑人才有了那句感叹之语。

由此看来，郑人对孔子的赞誉可谓集圣人之大成，是真正的“高级红”，这也说明郑人对孔子不抱有偏见，能客观公正地看待孔子。要知道，尽管郑国是庄重严肃忠孝仁义之国，但是孔子对郑地看法并不是很高，曾说过“放郑声，远佞人。郑声淫，佞人殆”(《论语·卫灵公》)。“为政必先放郑声”这样的话，依孔子的影响力，这些说法不能不传到郑国，但郑国人还能这样来描绘孔子，实属不易。

因为郑人提到了狗，在此有必要说说狗。必须承认，有关狗的贬义词大都是后来的，在孔子那个时代，骂狗的话并不多，典籍中出现过“猘狗（疯狗）”一说，再就是晏子使楚中所谓的狗国狗洞了。在南方，狗是有着不一般地位的，位列三皇之首的盘古，就是狗首人身，古代“犬祖神话”就很说明问题，“女配槃瓠”的传说流传至今。盘瓠生的孩子，成为苗、畲、瑶、黎、侗、壮、仡等少数民族的始祖，以狗为图腾的畲族至今传唱《狗皇歌》。中国古代最重视的大事是“祭”与“戎”，能作为祭祀的祭品说明被人们看重，否则不会贡献给神灵和祖先，而狗往往成为宗庙祭祀的“羹献”，《说文解字》中所谓：“犬肥者以献之。”献的本义即是“宗庙犬”。如果留心分析一下与犬有关的汉字，你会发现“哭、笑、奖、献、类、器”等表意清楚、使用率很高的汉字都和狗有关，这说明狗作为人类忠实的伙伴深得人们喜爱。

这句话中用了“累累”一词，需要注意的是，这里的累应该读四音，是疲乏、劳累过度的意思，用在此处是说孔子面容憔悴，一副忧国忧家的忧郁状。

由此，我们完全可以得出这样一个结论，《史记》中司马迁所记载的郑人那段话，是寓褒于贬，需仔细感悟才是。

5. 十大糟粕明辨（上）

笔者曾经读过一篇文章，罗列了孔子十大糟粕思想，看起来挺吓人，仔细一看却发现这些说法都很勉强，对孔子误读甚多，都是从《论语》中断章取义，然后得出和孔子思想相去甚远的结论。对此，不妨一一明辨之。

一、关于等级观念问题：文章说孔子推崇君权、父权、夫权，提倡愚忠、愚孝、愚节。在孔子的观念里，君臣父子夫妻，各有其位，等级森严，不容僭越，绝无平等之必要，更无平等之可能。导致国人只知专制，不识民主，以为命由天定。孔子的这种专制思想、等级观念逐渐渗透进国人的血液里，流淌至今，如附骨之疽，剔之不去。

提出问题者显然对“礼”缺乏认识。春秋时期，周室衰微，礼崩乐坏，孔子强调秩序和礼制是规范社会的必要手段，就像今天强调法治一样，怎么能与糟粕相提并论？君无权威国必乱，父不像父，如何给儿女做榜样？在农耕时代，丈夫是家庭的主要劳力，通过辛勤工作来养家并受到妻子爱戴这有什么错？至于愚忠更是子虚乌有之事，儒家只对那些圣贤之王尽忠，不仁不义之君被孟子称为“独夫民贼”，愚忠之说是站不住的。愚孝更是荒唐，孔子所言之孝，是一种高层次的精神孝道，故而有“色难”一说，让父母精神快乐、夙愿得偿，不存在愚的问题。把国人只知专制，不识民主甩锅给孔子，则更是滑稽，孔子之所以崇拜周公，除了礼乐方面的原因外，很大程度上是因为周公“敬德保民”，世界上还没有哪一个专制君主能做到爱民如子，孔子的等级观念重点在秩序，而非专制，专制主义想在孔子身上找依据是徒劳的。

据《孔子家语·好生》记载，孔子为鲁司寇，断狱讼皆进众议者而问之，曰：“子以为奚若？某以为何若？”皆曰云云如是，然后夫子曰：“当从某子几是。”这说明，孔子是一个愿意听取别人意见的人，哪怕是审理案子也是如此，没有专断的性格基础。

二、孔子力主推行愚民政策：文章说让民众按照统治者的意思去做事，却不要让他们知道这样做的原因。愚民为何？一句话：便于统治！中国近现代的诸多落后以及国人骨子里的某些“奴性”，都是两千多年的专制思想和愚民教育合力作用的结果。对此，孔老夫子恐怕难辞其咎。

这里，作者引用了《论语·泰伯》中一句话：“子曰：‘民可使由之，不可使知之。’”关于这句话，很多人都知道有个断句的问题，像上文这样断句只是一种说法，还有很多人是这样断的："民可，使由之；不可，使知之。"我本人更倾向后一种解释，因为断句不同，含义大变。这句话的含义是这样的：老百姓可以役使，就放手让他们去劳作；不能役使，就要教化他们。这种思想符合孔子的一贯思想，因为教化国民一直是孔子坚持不懈的工作，他主张有教无类，不赞成愚民政策。他有弟子三千,七十二贤人，比当今任何一个博导带的博士都多。论语中记载孔子"自行束脩以上，吾未尝无诲焉""学而不厌，诲人不倦"，这样的人怎么会去搞愚民政策呢？

还有一种断句为："民可使，由之；不可使，知之。"也接近孔子一贯主张，供读者明辨。

《礼记·经解》中："入其国，其教可知也。其为人温柔敦厚，《诗》教也。"这里的教，就是国家对国民的教育，如果国民温柔敦厚，就说明是《诗》教的结果。读过《诗》的人都知道，有些诗讽刺性很强，民声民怨呼声很高，如果是愚民政策，像《伐檀》《硕鼠》这样的诗应该封禁才是，但这些诗恰恰是孔子保留下来的。

通过一句断章取义的话，说孔子搞愚民政策，进而说国人奴性十足是因为孔子，让九泉之下的孔夫子何以瞑目。好在圣人文章在，相信很多人读原著、悟原理之后，便不会再人云亦云，说孔子搞愚民政策。

三、简单的二元思维：孔子眼里，人只有两类，非君子即小人。如此简单的二元思维，导致国人在面对多元社会、多元问题时的无能为力和不知所措。其实人性之复杂，根本就不是君子和小人所能涵盖的，当然，孔子认为一分为二足矣。

孔子很清楚人的复杂性，他弟子本身就类别不同，读遍孔子著述，也找不到孔子有这种简单的二元思维。至于提出问题者列举的三句话，即："君子周而不比，小人比而不周""君子坦荡荡，小人长戚戚""君子喻于义，小人喻于利"反复琢磨，也琢磨不出这个所谓的二元思维来。应该说，孔子所说的"君子"内涵很丰富，是一个人修养要达到的境界，包含了仁义礼智信、忠孝悌廉耻多种道德要求，是一个目标，但又没有十分具体的量化；而孔子所说的"小人"也不是指坏人，而是指那些需要学习引导不断成长的人，很多时候是特指底层人士。两个概念是论述时互证的根据，绝不是后来人们对小人的理解。孔子不会弱智到把那些喜欢"搞搞关系"、"好动感情"、常把奖金福利挂在嘴边的人统统称为坏人。一个思想家、政治家、教育家，把世界简单化到非白即黑，只有好人坏人之别，那是不可想象的。

四、孔子只重阐述，不提倡原创，结果中国历代知识分子只能将古人的思想陈陈相因，多是些训诂、考据、索隐之学，而新思想的诞生几无可能。此便为春秋战国之后，中国再无思想大家之根源所在。另外，一个不重视原创的民族只会出现现在这样的结果：抄袭严重，盗版猖獗。

问题提出者把当下抄袭严重、盗版猖獗归罪于孔子的“述而不作”这个说法简直令人喷饭。首先，“述而不作”是孔子的自谦，把人家自谦的话拿来当结论，这本身就不靠谱。其次，孔子并非“述而不作”，孔子做学问是严谨的，这一点读读孔子为《易》所作的《十翼》就清楚了，《十翼》哪一篇不是孔子的创作发挥？

至于将古人的思想陈陈相因则更不对，孔子“陈陈相因”的是圣贤思想，尤其是周公的思想，就像我们今天研究黑格尔、费尔巴哈一样，找到一个历史上的理论家做支撑点，再结合实际有所阐发，这怎么能说不提倡原创？有弟子、国君向孔子问政、问道，孔子的回答总是因人而异，根据问话者的身份、性格特点给出答案，这些回答本身就是孔子的原创，说明孔子是既述又作。

五、迷信古人，文章说孔子的目标永远向后，只恨不能回到周初，为周公洗足，替武王捶背。导致的结果是，人人迷信古人，而古人迷信更古的人。年纪轻轻就开始怀旧，不思进取，只知慨叹人心不古，其实古人之心未必如今。

提问者引用了孔子说的“信而好古”一句话，得出的结论是孔子迷信古人，不思进取。这句完整的话是这样：“子曰：‘述而不作，信而好古，窃比于我老彭。’”译成白话：“孔子说：‘只阐述而不创作，相信而且喜好古代的东西，我私下把自己比作老彭。’”（《论语·述而》）这话是孔子自我评价，他将自己私下比喻成一个叫老彭的商贤大夫，此人盖信古而传述者也。这是有特定语境的一句话，孔子虽然是传统文化的集大成者，但并不过高估价自己的作用，说自己只是像老彭那样是个“信古而传述”的人，这和迷信古人是两回事。孔子是个有批判精神的人，他崇敬先贤，却不盲从先贤，从对臧文仲的评价上就可以看出这个态度。比孔子大一百多岁的臧文仲威望极高，他的高风亮节，从善如流，不耻下问，赏罚分明，为鲁国内政外交立下卓越功勋，但孔子还是在肯定的基础上客观地批评了他。

孔子连鬼神都不迷信，采取敬而远之的态度，让他去迷信已经死去的古人，这很难说得通。对传统文化中有价值的精华欣赏并发扬光大，与迷信古人是两回事。周前还有商，商在当时也有许多文化遗存，但孔子对这些殷商的鬼神崇拜并不感兴趣，这说明，孔子对传统文化的继承和发展是有选择性的，而迷信的人则不同，会一股脑塞进脑子里。

6. 十大糟粕明辨（下）

前文明辨了五大糟粕，接下来再明辨五种。

六、歧视女性。孔子轻贱女性，视女子为小人，导致的结果是数千年的重男轻女，造孽无数。

说孔子歧视女性，而且举出那句著名的“唯女子与小人为难养也”来证明，这未免有些证据不足。研究分析问题，应该结合前后左右联系起来分析，不能凭片言只语作结论。先说儒家对女性的态度，到底有没有歧视的例证。谁都知道儒家有“孟母三迁”的故事，孟子的母亲已经成了一个伟大母亲的象征，孔子的母亲颜徵在也是如此，孔子幼年丧父，是母亲含辛茹苦把他养育到十六岁，孔子对母亲十分爱戴，尽管不知道父亲葬在防山何地，但仍想方设法将母亲与父亲合葬，这是对母亲最大的尽孝。颜徵在是妾，不是正房，能让母亲与死去的父亲合葬，对母亲是最好的交代，孔子做到了这一点，从宏观意义上来看，说明他对女性是公允的。

当然，受时代局限，孔子还不能像我们如今有着高度文明的性别观，能公允对待女性已经说明孔子

“人皆生来平等”的朴素思想了。当年孔子在卫国去见南子，也足以说明孔子不歧视女性，尽管南子有绯闻，但既然南子约见自己，自己还是顶着压力去见了。如果孔子是个对女性有成见的人，这个约会完全可以拒绝。

另外，提问者所列举的这句话，也有不同版本的翻译，主要是在这个“养”字上。在孔子那个时代，“养”，并不是现在“养”字的含义，它的本意是“纵容、姑息”，是“长”的意思。比如说“养虎为患”，并不是说你家里养只老虎，这老虎会成为祸患，而是指纵敌必将成为祸患。再如：“姑息养奸”，这里的“养”是扶植，助长的意思。那么，孔子认为女子和小人不能纵容、助长，这话错了吗？这里的小人和女人都是特指，就是说在外面，对小人不能姑息迁就，在家中对女人不能助长溺爱，这话说得多么精辟！

七、狭隘的民族主义。孔子心中那“正统嫡传”的文化道德优越感，逐渐演变成国人心目中“天朝上国”之莫名其妙的观念，至明清而愈演愈烈，举国上下，不知天外有天，遂有清末之辱。细细揣度，人类之战争，半数以上起于民族主义，一战、二战之德国日耳曼民族、日本大和民族，皆因自以为优而彼等劣，遂起贪心，致生灵涂炭。望我们慎之再慎，引以为戒。

说孔子有狭隘的民族主义思想实在是牵强，《论语·八佾》记载孔子曰:“夷狄之有君，不如诸夏之亡也。”这句话有轻视游牧部落的含义，但这是符合当时社会发展现状的。不可否认，社会文明不是一二一齐步走，先后快慢之别还是存在的，中原地区是农耕文明，礼乐教化发展比较快，这是事实，不能用现在“一句民族主义的大棒”横扫一切。当年，元代建立之初，不允许中原良田耕种，任其长草放牧就是一个例证。各种文明在相互交融中得以进步、提升，孔子没有拒绝这种理念，他曾说过:“天子失官，学在四夷”(《左传·昭公十七年》)，这段话可以认为许多天子掌握的文化学术保留在东夷、西戎、南蛮、北狄所处之地，这是对四夷的肯定。孔子本身也非常注重对四夷事物的学习，他能从死去的大鸟身上辨别出北方肃慎族的短箭。据《大戴礼记》记载:孔子认为，舜、禹、汤、武丁、文王等之所以能够成为千古圣王，是他们都有德化天下、四海一家的胸襟和气魄，使四夷能够自觉向中央政权归附和靠拢，在地理格局上形成众星拱月之势，这样就使自身的稳定和发展有了和平的外部环境。相反，夏桀、商纣没有秉承、发扬先王的“明德”，华夷关系紧张，导致王朝覆灭。

孔子的学生公孙龙和秦商就是被称为“蛮夷之

邦”的楚国人，孔子接受这类学生，并无偏见。

八、孔子提倡事不关己，高高挂起。如此这般，社会责任感，从何谈起？

发问者引用了《论语·泰伯》中孔子的“不在其位，不谋其政”这句话，又是用错了地方。孔子此言是指做官的人，不在其位，不谋其政，不是讲不担当。君子弘毅就是担当，君子可以舍生而取义，杀身以成仁，怎么能事不关己高高挂起呢？孔子讲，见义不为，无勇也，就是强调君子要见义勇为。

《春秋》中有这样一段记载：齐国出现了“陈恒弑君”之变，就是齐简公的上卿大夫田成子（陈恒），在内乱中杀死了平庸无能的齐简公，立简公之弟骜为齐平公，陈恒为相。这件事在孔子眼中是大逆不道的，不管简公政绩如何，弑君之罪是不可饶恕的，孔子自然十分愤慨，他不顾年老体迈，沐浴更衣，然后去朝见鲁哀公，请求哀公发兵伐齐，匡扶正义，恢复秩序。孔子碰了钉子，又去找“三桓”，结果还是被拒绝了。从此事上可以看出，孔子是一个不拿原则做交易的人，虽然事不关己，但只要关乎正义，他还是要管的。

九、孔子是典型的精英主义者，骨子里看不起劳动人民，视农民、菜农、手工业者为小人。

这也是对孔子的误读。孔子说自己“少也贱，故多能鄙事”。瞧不起底层百姓，不是瞧不起自己吗？前文说过，孔子笔下的小人，不是现在意义上的小人，就像南子说自己是寡小君一样，是当时一种称谓习惯。提问者引用《论语·为政》中：“君子不器”一句来举证，是对这句话理解有误，君子不器，简单地说是指君子不能只有一种用途，君子应该是通才，这与瞧不起底层群众有什么关系？提问者还引用了《论语·子路》记载的樊迟请学稼为证。“子曰：‘吾不如老农。’请学为圃。曰：‘吾不如老圃。’樊迟出。”孔子说的是实话，种粮他不如老农；种菜，他不如菜农；樊迟来问这样的问题，明显是给老师难堪，就像你去问哲学家怎么杀猪一样，这是风马牛不相及的事，所以孔子才有那句：“小人哉，樊须也！”用这句话来证明孔子轻视体力劳动，太过牵强。不过，说孔子主张精英主义则说得相对正确，孔子办私学的确在培养社会精英，但培养精英与看不起劳动人民不能画等号，何况有些劳动人民经过教育也可能变成精英，比如颜回就是一个例子。

十、孔子为人虚伪，言行不一。在卫国见南子，惹众弟子不悦一事，将其说一套、行一套的嘴脸暴露无遗。

说孔子虚伪、言行不一，这是特殊时期批孔时的说法。孔子的得意门生曾子是得到老师真传的，曾子说："吾日三省吾身：为人谋而不忠乎？与朋友交而不信乎？传不习乎？"把讲不讲诚信作为每天反省的内容，如果真的言行不一，还不纠结出抑郁症来。发问者还引用了《论语·雍也》中"子见南子，子路不悦。夫子矢之曰：'予所否者，天厌之！天厌之'"，认为孔子发誓是言不由衷，这就更是臆测了。孔子见南子是在宫廷之中，从司马迁的记述来看，没有半点逾礼之举，两人中间还挂着一道帘子，子路不悦，孔子当然感到委屈，故而说出"予所否者，天厌之！天厌之"的话，目的在于打消弟子的误解而已，何来说一套、行一套的道理。

7. 孔子论孝与道

孝是孔子教育学生的必修课，讲授内容被弟子整理成了一部《孝经》。怎样解读孔子所讲的孝呢？

《孝经》前六章被朱熹认为是“经”，朱熹划分的理由是因为这六章明确了孝的标准问题。

仲尼居，曾子侍。子曰：“先王有至德要道，以顺天下，民用和睦，上下无 怨。汝知之乎？”曾子避席曰：“参不敏，何足以知之？”子曰：“夫孝，德之 本也，教之所由生也。复坐，吾语汝。身体发肤，受之父母，不敢毁伤，孝之始也。立身行道，扬名于后世，以显父母，孝之终也。夫孝，始于事亲，中于事君，终于立身。《大雅》云：‘无念尔祖，聿修厥德。’”（《孝经·开宗明义》）

孔子向曾子讲孝的道理，但他没有直接去讲，而是先提出一个问题，引起曾子的兴趣。他说：“过去贤明的君主有一种能够实现德政的重要思想，能够使天下归顺，百姓和睦相处，上下君臣政通人和，你知道这是一种什么思想吗？”孔子所讲的天下归顺、百姓和睦、上下无怨，都已经超出了家族之孝的范畴，

“民用和睦”，即社会上少有争讼；“上下无怨”则政治清明。所以，孔子言孝，立意高远，落脚点是在治国问题上。其目的是使天下大治，实现《礼记》中所言的“大同”社会。

曾子回答说：“我不聪明，怎么能懂得这样重要的道理呢？”

于是，孔子对孝做了进一步的阐释，孔子说：“孝道，是所有德行的根本，一切教化都在此基础上产生。你坐下来，让我告诉你：身躯、四肢、头发、皮肤，都是父母所给予的，作为一个孝子就不能轻易伤害更不能毁伤，这是孝的开始；一个人树立了志向，能坚持真理，有所作为，使自己流芳后世，光宗耀祖，那就是尽孝道最圆满的结果了。一个人行孝道的方面是很广博的，首先从侍奉自己的父母开始，其次是侍奉自己的君王，最后是修身济世实现自己的志向。”

孔子从孝的基本内容到最高表现形式，从青年、中年、老年三个阶段的应尽孝道的重点做了说明。这里有一个重要的观点就是孝是“德之本”，是“教之所由生”。德之本，就是人最重要的行为准则；教之所由生，乃是教化之源泉。“德之本”的观点得到了实践的印证，古代讲“忠臣必出自孝门”就是这种观点的发展。《吕氏春秋》中有“莫荣于孝，莫显于忠”

的说法，一个不孝的人是不能够尽忠的，尽管他可以装扮得像忠臣一样，甚至表现得比忠臣还像忠臣，但那不是真正的忠，因为他的忠没有道德的基础。

孔子这段话里还有一句被后来儒生教条化了的名言："身体发肤，受之父母，不敢毁伤，孝之始也。"其实，把上下文联系起来看，孔子的话并不是说身体上的任何东西都动不得，如果那么去理解，剪指甲也是不孝之举了，依孔子之智慧，他绝不会这么去思考问题，他是用发、肤两个具体的东西来代表人的生命，这句话充满了以人为本思想，说明了对生命的关怀。对于人来说，最宝贵的是生命，一个对自己生命不负责的人怎么去尽孝？孔子说过，一个人，当他父母还在时，他就不能轻易答应为别人去献身，也是出于一种对父母的负责。从这一点上说，任何自残、自虐、自杀的行为都是不孝之举，因为这种行为是对父母最大的伤害。

那么，孝的最高境界是什么呢？那就是"立身行道，扬名于后世"。所谓立身，是以德行立于社会，属于道德、知识、思想修养方面的储备；行道，就是运用这些储备去社会上实践的过程。做到了立身行道，就自然名扬后世，被后人所称道，这是光宗耀祖的事情，行道者的每一个亲人都会以此为荣，这是孝的最高境界了。这里孔子用了一个"扬名"的词，说明这种境界主要是给父母、给亲人带来精神上的满足，而不是说物质财富上有多大的惠泽。

“始于事亲，中于事君，终于立身。”则进一步阐述了孝的作用，始，是开端，是基础，是本；中，是在此基础上的发展，是对本的弘扬。就是说一个人的孝，如果不和国家的事业结合起来，这种孝就很狭隘了，所以大孝必事君。终，乃是行孝道尽忠诚的结果，就是说事亲、事君都“中”孝道者，也就应了前文所说的“扬名于后世”以显父母的孝之所终。

孔子还对不同身份的孝作了规范说明。天子之孝是“博爱”。既然贵为天子，一般意义上的孝就很轻易地能够尽到了，身居宫廷，身体发肤无人敢毁；尊为天子，立身行道也是天下典范，普天之下，莫非臣民，再无国君可事。针对这种情况，孔子提出了一个新的观点：天子之孝重在以身作则。孔子说：“如果是一个懂得热爱自己父母的人，就丝毫不敢厌恶别人的父母；如果是一个懂得敬奉自己父母的人，就丝毫不敢怠慢别人的父母。全心全意侍奉父母，并施展教化于百姓之中，就会成为天下效法的榜样，这就是天子应尽的孝道。”

君王尽到了博爱和广敬之道，必然得到加倍的敬爱回报，那么谁还会用厌恶和怠慢来对待君王呢？这种以孝德治国的思想运用到百姓那里，民风就会变好，这种做法也就会被四夷所效法。所以天子之孝孝道广大，应是孝之模范。

诸侯之孝是“不骄”。孔子的解释是这样：一个人如果身居高位，却能做到不骄不躁，谦虚谨慎，那么就不会有遭到排挤的危险。要做到节约费用，慎守法度，即使国家富裕也不追求豪华和奢侈浪费。地位显赫而没有倾覆的危险，自然就能长治久安；财物丰富又能做到谨慎开支而不浪费，自然就能长久地保持充裕的财源。身为诸侯，要首先使富贵不离其身，然后才能确保他的社稷江山，跟天下百姓和睦相处。这就是诸侯应尽的孝道。

诸侯作为列国之君，其位不能不算高，但高位易落，所以是很危险的。对于诸侯来说，能听命于天子就是不骄，用现在的话说就是“要和中央保持一致”。骄是自我膨胀的必然结果，自以为了不起，就对国君的话不怎么当回事了，搞起了上有政策下有对策，甚至另起炉灶，这样的诸侯非“翻船”不可。汉代的淮南厉王刘长，就是一个因自我膨胀而毁灭的诸侯王。刘长是汉高祖刘邦的小儿子，与当朝皇帝汉文帝一起长大，情同手足，因为这层关系，他无视礼制法度，亲自锤杀辟阳侯审食其为其母报仇，还另搞一套文法，模仿天子声威，后来，竟谋划起叛逆之事，最终死于非命。

“制节谨度”是要求诸侯节俭并依礼法行事，不要过于铺张浪费，不要把排场搞得超过礼制规定，这是很重要的。所谓“溢”，是满的结果，满且溢，就是超过了礼的规定要求。像孔子批评鲁国的季氏一样，一个大夫，竟然在自家庭院搞起了只有天子才能搞的仪仗，这就是个政治问题了，所以孔子才说出了“是可忍，孰不可忍也”的话。

做到了高而不危，所以能守贵；做到了满而不溢，所以能守富。富贵不离身，就是地位不动摇，地位得到巩固，其国家、宗庙、百姓就会得到保护。因此，诸侯之孝，其目的在于保国保民，也就是说保一方平安，延续其宗庙香火。我们常说为官一任，造福一方，就是从诸侯之孝演化而来，只不过诸侯乃世袭制，而后来的官员则是委任制了。

卿大夫之孝在于守住礼法。孔子的说法是：“不符合先王所制定礼法的衣服，绝不敢随意穿在身上；不符合先王所制定礼法的言辞，绝不能随意乱说；不是先王所遵循的道德行为，绝不敢任意推行。因此，不敢乱说不合礼法的言论，不敢推行不合礼法的行为。如果说话合礼法，就不用担心有什么失误而去斟酌；如果言行合规范，就不用担心有什么过错而去劳神。尽管说话多，但不会说错话；尽管做事多，但不会遭怨恶。前面说的三点具备了，卿大夫就能永远守住先祖的宗庙，这便是卿大夫应尽的孝道了。”

卿大夫是居于臣属地位的，上事君主，下抚黎民，责任不小。因此，卿大夫之孝就重在依法办事，尽忠竭力。孔子就卿大夫之孝提出了三项标准，即在服饰上，要合乎先王所制五服的礼法规定；在言论上，要符合先王规定的礼法要求；在行动上，要符合先王要求的德行标准。做到了这三点，就能保其职位、守其宗庙。为什么要求卿大夫要“非法不言，非道不行”呢？这里所谓先王，其实并无确定的指向，过去的所有贤德之君都可以称为先王，这里用先王，意在表明所尊之法是成制。身为大臣，如果不依法办事，那么先王之法就形同虚设了，在古代如此，今天也是如此，政府官员不带头执行法律法规，老百姓就会藐视政府的权威性。要求卿大夫“口无择言，身无择行”，就是要求他们处处要以身作则。口无择言，是强调大夫不能自作聪明随便发表言论；身无择行，是说大夫不能自以为是采取行动，其言行必须在法律规定的范围之内，这样，才能“言满天下无口过，行满天下无怨恶”。

今天，我们往往不理解古人，言行方面有规定可以理解，为什么非要在服饰上规定得那么严格，难道非要什么职位穿什么衣服吗？这一点是历史条件所限，不如此，就不能分等级，分尊卑，为了使社会有秩序，礼制在服饰上做严格的规定是必要的。车，是官之仪；服，乃身之表。

士之孝在于爱敬忠顺。孔子的说法是用对待父亲的态度来对待母亲，而爱心相同；用侍奉父亲的态度来侍奉君主，而恭敬不变。侍奉母亲乃是以爱，侍奉君主乃是以敬，而爱和敬兼备的是侍奉父亲，以孝道去侍奉君主就会做到忠；以恭敬的态度去对待长辈就会顺从。如果做到了忠心和顺从，以此来为君主工作，那么就不会被罢黜职位，保住自己的俸禄，心安理得地祭祀自己的祖先。

士，在当时是统治群体中最底层的人员，类似现在各种机关里的基层工作人员。这里的士，有两方面人士构成，一是小官吏；二是有知识、技能或品德的人。士之孝，在于对内要奉养父母；对外，要效忠君上。而在家中，对父亲和母亲的孝其侧重点也有所不同，对父孝，应爱敬并重；对母，应重爱。把对父之敬运用到君主身上，就是忠。

孝是忠的基础，不孝之人难尽忠，所以所谓忠和顺，用现在的话讲也是个“保持一致”的问题，尤其对于士来说，这种保持一致更为重要，因为士等于是朝廷和百姓间的直接联系者，这个层面出了问题，就会政令不通，导致怨恶出现。从孔子的语言中我们看出，一个士最主要的操守就是勤勤恳恳、尽职尽责地做好本职工作，也就是一个敬业问题，要像对待父母老师和兄长一样来对待国家工作，做不到这一点，就很难保住自己的俸禄。而做到这一点，就能保持俸禄，使父母有所养，祖先有所祭，这便是士的孝道。

百姓之孝孔子也做了归纳，即用天之道，分地之利，谨身节用，以养父母。

“用天之道，春生、夏长、秋敛、冬藏，举事顺时，此用天道也。分地之利。分别五土，视其高下，各尽所宜，此分地利也。谨身节用，以养父母。身恭谨则远耻辱，用节省则免饥寒，公赋既充则私养不阙。此庶人之孝也。庶人为孝，唯此而已。”（《孝经·庶人篇》）

用天之道就是顺应天时。所谓天时，就是自然之时，如春发、夏长、秋敛、冬藏。对于庶人来说，以天时而做，就能不违天时，不违天时，就能少遭自然灾害的侵犯。分地之利，是指分别五土，因地制宜，各尽所宜。所谓“五土”，一是山林，二是川泽，三是丘陵，四是坟衍，五是原隰（湿地），对五土加以区别，是十分重要的一点。如果不辨五土，不察高低，就种瓜不得瓜，种豆不收豆，高处霜早降，低处水常侵，所以土地之利必须分明。天时地利都掌握了，就会有所收获，那么收获之后，就要谨身节用，以养父母。谨身，就是不能因有了收获就傲慢，身恭谨则远耻辱。谨身远辱很有现实意义，现在一些人，赚了一些钱之后不能做到“谨身”，好像世界一下子小起来，整天把肚子膨胀得像只蛤蟆，什么都满不在乎，结果糊里糊涂犯了事。节用是用度要节俭，用节省则免饥寒。这是儒家一贯的思想，尤其作为庶人，节用的目的还有赡养父母，这就更不该铺张了。孟子认为，庶人之不孝（世俗所谓不孝）者五：“惰其四肢，不顾父母之养，一不孝也；博弈，好饮酒，不顾父母之养，二不孝也；好货财，私妻子，不顾父母之养，三不孝也；从耳目之欲，以为父母戮，四不孝也；好勇斗狠，以危父母，五不孝也。”（《孟子·离娄下》）孟子列举的五不孝反推一下，不就是庶人应该遵循的孝道吗？

六、体性篇

1. 南子绯闻事件

有一种观点，认为圣人就该都像柳下惠一样是坐怀不乱的君子，就不该有什么儿女情长。圣人嘛，不与众不同还是什么圣人？在这些人的眼里，圣人已经被神化了。其实，我们从孔子身上，根本找不到这种痕迹，相反，孔子是个有血有肉、有情有义，具有爱美之心的可爱老人。

卫灵公的夫人南子是个出名的美人，深受灵公的宠爱，卫国国家大事的决策，南子都会参与其中。外交、立嗣这样的大事，灵公是唯南子之命是从。所以当时的南子可谓权倾一时。太子蒯聩对南子的做法很是不满，加之对她的淫乱行为十分嫉恨，就密谋刺杀南子，谁知用人不当，选了个胆小鬼戏阳做刺客，戏阳临阵胆怯，被南子发现，结果不仅刺杀未成，太子自己也只能流亡国外。

对这样一个美女，依孔子周游列国的见识不能不有所耳闻，也不能不有一个客观的评价，但是，当南子向他发出约会邀请时，尽管他内心很矛盾，可他还是偷偷地去了，不仅去了，而且还行了叩头之礼。

孔子在当时已是知名人士，他不仅善于骑射、通晓乐律，而且见识广博、才华出众，用现在的话说，孔子可以称得上是一个仪表堂堂、文武双全的帅哥。南子属于现在的“追星族”一类，久慕孔子大名的南子，萌生私下一聚的想法也在情理之中。不过，南子的邀请是充满自负的，这让孔子的学生们有些无法接受。

南子派使人这样对孔子说：“四方之君子不辱欲与寡君为兄弟者，必见寡小君。寡小君愿见。”意思是说：各国的君子，凡是看得起我们国君，愿意与我们国君建立兄弟般友谊的，必定来拜见我们南子夫人。我们南子夫人愿意见见您。

这样的邀请让孔子很为难，一来此事不是那么名正言顺，有“走后门”路线之嫌。因为孔子凡事讲究一个“名正言顺”，他曾对子路说过，如果让他主政卫国，他要做的第一件事情就是“正名”。现在让自己去见一个国君的夫人，从而获得灵公的认同，这一步的确很不好走。二来南子是个绯闻不断的美人，自己偷偷和这样一个人去约会，会有一种很难说清楚的感觉。但是，孔子就是孔子，他克服了内心的矛盾，在礼貌性地推辞了一番后，还是忐忑不安地去了。两人说了些什么已经无从查考，因为这是两个人的事情，但在司马迁的笔下，这段文字充满了意境。

“孔子入门，北面稽首。夫人自帷中再拜，环佩玉声璆然。”（《史记·孔子世家》）

这里，司马迁没有写谁先行礼，只是说孔子进门后朝北面叩头。而在葛帐后的南子“帷中再拜”，说明两人礼数很到位，否则不会有“再拜”。有意思的是司马迁没有写两人的神态，而是写了南子身上佩玉相撞所发出的动人的清脆声音，这是司马迁的高明之处，才子佳人约会，美玉碰撞有音，其他的事情读者自己去想象吧。尽管孔子归来后面对不悦的弟子子路，指天发誓说自己没有邪念，说如果自己做得有什么不对，“天厌之，天厌之”，就是说老天都会鄙视我。但孔子这种可爱的发誓行为恰恰说明了自己内心世界的矛盾，因此，不过几天，孔子就发出了“吾未见好德如好色者也”的感慨，这是孔子内心的真实感受。

那么孔子为什么会冒险和南子约会呢？是为了政治吗？显然不是，当时，灵公已经给了孔子“粟六万”的俸禄，和在鲁国的待遇是一样的，孔子知道南子想见自己，就是仰慕自己的才学，和委以重任无关，除了立嗣这样涉及南子自身的问题她比较感兴趣之外，孔子所宣传的具体的施政思想南子并不关心，因此，靠南子的力量谋取官位是可能性很小的，也是孔子不希望接受的政治方式。那么孔子之所以去和南子约会，理由就剩下了一个，那就是孔子也很倾心于南子的美貌。美人的邀请无法拒绝，连孔子这样的圣人也不能免俗，因为爱美之心是人之天性。当人之天性与自己所制定的道德标准发生碰撞的时候，孔子也十分痛苦，所以才指天发誓，以消除学生们对自己的误会。孔子是很少发誓的，但他对誓言的问题不拘泥，他认为在不得已的情况下所订立的盟誓是可以不履行的，理由是“神不听”。

孔子约会南子一事，说明真正的圣人并不是非要装出一副不食人间烟火的样子，孔子正因为有血有肉，才更加可亲可敬。孔子对南子，就是一种朴素的对美的欣赏，和欣赏所有出色的东西一样，并不掺杂其他的杂念。作为一个对所有新鲜事物都感兴趣的学者，想看看名噪一时的南子夫人到底有何种风姿，这也符合孔子的性格。因为孔子自己不了解的东西，他从不盲目地人云亦云，用今天的话说，孔子非常注重调查研究，包括所有他所感兴趣的人和事。孔子的这种审美是一种博爱，这是他和南子约会之事没有成为影响他形象的主要原因。

孔子的情感世界是丰富多彩的，正因为他有着这样的情感世界，他的许多行动都令人感动，我们从颜回之死中可以看到这一点。

颜回是孔子的得意弟子，比孔子小三十岁，在四十一岁时不幸早逝。孔子对颜回的早逝悲痛欲绝，叹息道："天丧予！天丧予！"（《论语·先进》）这样的呼号出自一个圣人之口显然不妥，以至他的弟子都说他哭得太哀痛了，但孔子却说："有恸乎？非夫人之为恸而谁为？"（《论语·先进》）就是说：是哭得很哀恸吗？除了此人之外，我还能对谁哭得这样哀恸呢？

这里，我们可以看到一个十分注重师生情谊的老人，为了自己得意门生的早逝到了一种悲伤至极的程度，因为他太喜欢颜回了，他始终以颜回为骄傲，这说明孔子爱才之心尤切，甚至超乎对家人的爱，因为夫人亓官氏和独生子孔鲤的相继故去，都没有令他像失去颜回这样悲痛欲绝。

2. 英雄不问出

孔子的童年境遇并不好，他三岁丧父，母亲颜氏带着他离开陬邑纥家，迁居到鲁国国都曲阜城内的阙里。因为颜姓在曲阜是望族，迫于生计的颜氏，只好孤儿寡母回到娘家来。心境凄凉、生活清苦的颜氏在三十多岁就撒手人寰，撇下了十六七岁的孔子独自面对艰难的生活。

孔子在办理母亲的丧事上初显处乱不惊的沉稳。他的母亲因种种无法考证的原因，在去世前并没有告诉孔子其父葬于何处，父亲去世时只有三岁的孔子当然不可能知道父亲的墓地。这件事的处理，对孔子来说是一个不小的考验。孔父生前为陬邑大夫，必须按习俗的礼仪来办理丧事，其中很重要的一点就是父母合葬一处。孔子采取了一个公开征询的办法，将母亲灵柩停放在“五父之衢”，以便引起路人注意，好问询父之墓处。果然，一位车夫的母亲，也是原来孔母颜氏的邻居，把孔父的墓址——防山，告诉了孔子，使孔子实现了父母合葬一处的愿望。在当时，丧葬是头等大事，一个未成年的孩子把它料理得合礼合情，可见孔子从小就练就了较强的办事能力。

孔子自己说过:“吾少也贱，故多能鄙事。”所谓鄙事，就是连孔子自己都瞧不起的工作，大概是些家务劳动、放牧牛羊、婚丧吹鼓手之类的事。但孔子这里用了一个“能”字，也就是说，尽管这是些“鄙事”，但他都能胜任，能把这些他自己内心里不喜欢的“鄙事”做好，这就是孔子的过人之处了。孔子年轻时做过两个小差事，一个是乘田，一个是委吏。乘田，就是管理牛羊的小吏，说是小吏，其实就是一个饲养员。孔子在乘田这样的职位上，干得很出色，把牛羊饲养得膘肥体壮。委吏，是仓库的保管员，孔子做这个工作也非常称职，把账目计算得清清楚楚。

从孔子“多能鄙事”来看，至少有以下几点启示可以昭之后人:

一、当你无法选择工作的时候，你必须努力地去适应工作。孔子刚刚走上社会，无依无靠，一切都靠自己去打拼，这个时候，他有了乘田、委吏这样十分低下的职位。本来，依孔子的志向，他是不情愿做这等差事的，但是，他没有好高骛远，而是脚踏实地地去努力做好这两份差事。孔子的表现说明了现实和务实的重要，也说明了万里之行始于足下的道理。如果孔子不能胜任这两项很低下的工作，他的工作能力就会受到怀疑，在社会上他也就不会有很好的口碑，这样对他后来在鲁国的发展是很不利的。

二、当你想做好一件事情时候，你必须全身心地投入。“鄙事”之所以鄙，是因为人们在思想感情上对其很排斥，这种排斥直接影响到做事的质量。有的人对自己讨厌的事情耻于为之，只是愿意做自己喜欢做的事，这是一种很正常的心态。但是，生活中的许多事情并不以人的意志为转移，有的事情如同拦路之虎，你除了面对它，别无任何选择，这个时候你必须解决这个拦路虎的问题，否则，人生之路你就无法迈进。要想做好“鄙事”，首先要解决思想感情上的排斥问题，而想不排斥的唯一方法就是在思想感情上接受所谓的“鄙事”，在接受之后再注入热情，这样，“鄙事”就不鄙了。我们过去常说这样一句话：革命工作只有分工不同，没有高低贵贱之分。这话听起来很骗人，好像是睁着眼睛说瞎话。然而，这话的积极意义就在于它能使“鄙事”不鄙，让烈日下忙碌的环卫工人和那些坐在空调办公室里读报的人有着同样的自豪感。投入的好处是不会敷衍，是会生出些兴趣，进而慢慢地对“鄙事”喜欢起来。对于一个人来说，“多能鄙事”，不但不会影响其形象，倒是会使一个人更加可爱起来。

三、一个人当你功成名就之时，无须掩饰曾经有过的贫贱。成功人生希望给自己头上罩一顶光环，让自己的血统变得与众不同，以此来区别于众人，这是一个非常普遍的问题。陈涉在做了大王之后，对那段给别人当长工锄大地的历史就非常忌讳，甚至把找上门来的当年许诺“苟富贵，无相忘”的患难之交一杀了之。古代里有的人自己做了大官，就千方百计在族谱上做文章，通过修谱为自己扯上一位有名望的同姓祖先。这种心理连皇帝也不能免俗，唐代皇族就东拉西扯把古代的李聃（老子）奉为自己的祖先。明代的朱元璋也是想尽办法掩饰自己年轻时那段贫贱的经历，给后人留下了许多传说故事。其实，有这种心埋的人只要学习一下孔子，就大可不必这样去做了，贫贱的经历并不会给你的成功带来阴影，它反而会使你的成功有更加动人的起伏，使你的人生更加魅力无穷。孔子认识到了这一点，所以他不避讳自己曾经有过的贫贱，连自己去参加宴会被人拒之门外这样大伤自尊之事也不避讳，可见孔子是一个非常诚实的人，是一个敢于正视自己历史的人，相比之下，那些努力篡改历史，不择手段为自己脸上涂脂抹粉的人就显得虚伪可憎了。

3. 圣人的怒火

人总要有点脾气的，别说有血有肉的人，就连一向温顺的兔子被逼急了也会咬人。笔者曾在网络上看过一个视频，一只兔子咬住土狗的耳朵不放，结果这只欺负兔子的土狗落败而逃。有人会说，古代至圣孔子就没有脾气，因为孔子主张“温良恭俭让”，主张“不迁怒，不贰过”，孔子是一个温顺和蔼的老头，笑眯眯得如同欢喜佛一般可爱。如果真这么看就错了，孔子不但有脾气，而且脾气还不小，这么说的根据很充分，我们不妨看一下几个事例。

事例一，孔子骂季氏。《论语·八佾》：“孔子谓季氏，‘八佾舞于庭，是可忍也，孰不可忍也。’”孔子骂季氏这句话骂成了千古名言。季氏是鲁国的卿大夫，也是执掌国政的权臣，在家庙中居然用了周天子舞乐的“八佾”标准，这是明显的僭越。依周礼规定，卿大夫只能用四佾的舞乐队伍，孔子自然不能容忍，便说出了这句著名的话：“是可忍，孰不可忍？”

事例二，孔子骂弟子宰予。《论语·公冶长》记载：“宰予昼寝。子曰：‘朽木不可雕也，粪土之墙不可朽也！于予与何诛？’子曰：‘始吾于人也，听其言而信其行；今吾于人也，听其言而观其行。于予与改是。’”这段话的意思是：宰予大白天睡觉。孔子说：“腐烂的木头不堪雕刻。粪土一样的墙壁不能粉刷！对于宰予这样的人，还有什么好责备的呢？”又说：“起初我对于人，听了他说的话就相信他的行为；如今我对于人，听了他说的话却还要观察他的行为。这是由于宰予而改变了我的看法。”宰予是个能言善辩的学生，孔子对他有些看法，但真正让孔子发火的是宰予大白天睡觉，这是懒惰的表现。“朽木”“粪土”这些词汇，足以说明孔子动了肝火，因为孔子最讨厌的五种人就有懒惰之人。

事例三，《论语·宪问》：“原壤夷俟。子曰：幼而不孙弟，长而无述焉，老而不死是为贼，以杖叩其胫。”孔子的老相识原壤叉开腿坐在那里等孔子，孔子来了后看不过去他那副懒散的样子，便训斥道：小时候不谦逊尊重师长，长大又无可称述，老了又不死你就是个祸害。说完，用手杖敲打原壤叉开的小腿。原壤是个很率真的人，大概有点嵇康的性格，他母亲去世了，他竟然在孔子来帮忙擦洗棺木时不停地唱歌，这足以说明原壤是个怪人。孔子不想失去这样一个老相识，但又看不惯他的所作所为，便骂了他“老而不死是为贼”。这也就是现在骂人“老不死的”的由来。试想，骂出这样难听话来，孔子的脾气还小吗？

事例四，孔子愤而辞官。据《史记·孔子世家》记载，齐人听到孔子治鲁才三个月，鲁国就状态大有改变，齐人说：“孔子当政的话，鲁国必然称霸，鲁国称霸而我齐国土地挨近它，我齐国的土地就会最先被兼并了。何不赶紧献送土地呢？”大夫黎钮说：“请先尝试设法阻止孔子当政；如果没法阻止孔子当政再献送土地，难道算晚吗？”于是挑选齐国国中漂亮的女子八十人，连同有花纹的马一百二十匹，馈赠给鲁国国君。齐人将盛装女乐、有纹骏马陈列在鲁国都城南面的高门外。季桓子换上平民服装前往观看多次，打算接受，就告诉鲁定公要外出巡回周游，终日前往观看，懒于处理政事。子路说：“您可以离开了。”孔子说：“鲁国将要举行郊祀，如果能将郊祀祭肉分送大夫的话，我就还可以留下。”季桓子沉湎于女色，三天没有上朝听政；举行郊祀典礼后，又不向大夫分发祭肉。孔子于是选择了离开，住宿在屯时，大夫师已前来送行，说：“您没有什么过错。”孔子说：“我唱首歌可以吗？”接着唱道：“那妇人的口啊，可以让人出走；那妇人的话啊，可以叫人身死名败。悠闲自在啊，聊以消磨时光！”师已返回国都，季桓子问：“孔子说了什么？”师已将实情相告。季桓子喟然长叹说：“夫子因为那群女乐的缘故怪罪我啊！”

孔子这次发脾气，唱的是《去鲁歌》，其中“彼妇之口，可以出走；彼妇之谒，可以死败”（《史记·孔子世家》）的歌词，可以看出孔子有着极大的负面情绪。人不生气到一定程度，是不会借着唱歌来宣泄的，正所谓男愁唱、女愁哭，孔子愤而悲歌，足见是发了脾气的。

不用再多举例，这些事例足以说明孔子是有脾气的。

孔子发脾气有个特点，那就是被触碰到了底线，孔子的底线是礼，遇到不讲礼的人或事孔子才会发脾气。一般情况下孔子是很克制的，这是孔子人格的健全之处，该怒则怒，该和则和，有礼有节，收放适度，如果孔子不这样，一味地隐忍退让，忍辱负重，那么孔子就不会有那么多追随者了。

4. 孔子爱喝酒吗

酒的出现距今已经有六千多年历史，是历史文化中具有符号作用的元素，《全唐诗》收录唐诗将近五万余首，其中有六千余首与酒有关。很多人对这种集雅士、武士和疯子性格于一体的杯中之物爱恨交叠，纠结不已，孔圣人又是怎样看待酒的，孔子对酒的态度清晰明确，绝无暧昧之意，不但不主张禁酒，而且在谈论饮食时，还对酒开了“唯酒无量”的口子。应该说孔子不愧是圣人，很清楚生活之道，不做冒天下之大不韪的蠢事。孔子很清楚，酒这个东西是很难限制的，既然限制不了，那不如适度引导为好，否则，弄个形同虚设的所谓法令，倒成了有章不循、有禁不止的反面教材。

《论语》中“酒”字出现了五次，其中有三次都出在《论语·乡党》篇，流传最广的一次就在《论语·乡党》篇，原文如下：

“食不厌精，脍不厌细。食饐而餲，鱼馁而肉败，不食。色恶，不食。臭恶，不食。失饪，不食。不时，不食。割不正，不食。不得其酱，不食。肉虽多，不使胜食气。惟酒无量，不及乱。沽酒市脯不食。不撤姜食。不多食。”

这段话译成白话是：粮不嫌舂得精，肉不嫌切得细。食物腐败发臭，鱼和肉变质腐烂，都不吃。食物颜色难看，不吃。气味难闻，不吃。烹调不当，不吃。反季的蔬菜，不吃。切割方式不得当的食物，不吃。没有佐料，不吃。席上的肉虽多，吃它不超过主食。只有酒不限量，但不能喝到神志昏乱的地步。从不明集市上买来的酒和肉干，不吃。吃完了，要把姜留下，但不能食用过量。从这段文字可以看出，孔子在饮食方面规定了许多，唯独对酒网开一面，只是缀了个“不及乱”，这是最能体现孔子不禁酒的证据。

那么，不禁酒的孔子酒量如何呢？这个问题在孔子时代就有一个民谚：“尧舜千钟，孔子百觚，子路嗑嗑，尚饮十榼。”这个古谚想表达的是“圣贤海量”。钟和觚都是装酒的容器，一觚盛酒二升，十觚就是二十升，可见孔子酒量有多大。有人说这个谚语是当时劝酒的话，实际孔子没那么大酒量，孔子的孙子子思说，夫子之饮，不能一升，这个说法似乎比较靠谱，但即使一升也不算小了。所以曹丕才说：“千钟百觚，尧舜之饮也。惟酒无量，仲尼之能也。”

孔子不反对酒，但对君子饮酒却有两条要求，那就是“不及乱”和“不为酒困”。

怎么来理解“不及乱”呢？人们都知道，清醒的时候，人是有方寸的，做什么事情有一个“度”，不会过“度”。酒这种东西虽好，但它到一定程度就会破坏人的“方寸”，破坏这个“度”，孔子所说的乱，就是乱了方寸，过了度。所以古人有“酒极必乱”“酒乱性”之说。酒后无德也是不能原谅的，所以，酒不是后果的借口，要想不辱没自己，最好饮酒“不及乱”。

孔子主张饮酒必须饮对的酒，为什么“沽酒市脯不食”？因为从农贸市场上买来的酒和肉干无法保证质量，一旦喝了假酒，吃了病肉，那是损害健康的。有人要问，市场上买来的酒不喝，那么只能喝自己酿吗？显然不是，春秋战国时期，已经有专门的酒作坊，要想喝酒，一定要喝有品质的酒，而酒坊里的酒，自然质量要好。

“不为酒困”说得更好，一个“困”字道出了酒能淹死人的道理。《酒诰》禁酒，主张无彝酒，执群饮，戒缅酒，认为酒是大乱丧德，亡国之根源，就是没有走出孔子说的“困”字。再天才的人，如果过不了酒关，其成就就会大打折扣，甚至伤身害命。古代名仕多困于酒，喜欢沉溺于一种昏昏沉沉的醉态，其原因是对现实的一种无奈、悲观，想通过这种醉态来自我解脱。陶渊明如此，嵇康如此，但孔子不是如此，所以孔子成了圣人。孔子周游列国十四年，大好时光用在了“求仕”的路上，然而，他却到处碰壁，最后一把年纪了，又回到了鲁国。按理说，孔子最有沉溺于酒醉的理由，因为他的礼制和仁政的理想实现不了，他多悲观、多痛苦啊，得意的弟子相继死去；象征着仁义的麒麟也出非其时，受伤被获；儿子孔鲤也先他而亡，白发人送黑发人。孔子几乎是绝望了，他借酒消愁也无可厚非。但孔子没有这样，他坚持君子不为酒困的原则，在古稀之年继续整理古籍，编写《春秋》，传授弟子，资政为国，终于成为万世师表。

酒作为一种文化，它主要表现在“礼”上，人们在其程式上赋予了许许多多的内容，无非使人与人的交际更加合乎“礼”的要求。孔子正是看到了酒的这一属性，所以他不反对酒，这和一些宗教的教义大都禁酒有着明显的区别，也更加有积极的意义。宗教的限令无论是在其盛极的欧洲中世纪，还是在现代，并没有影响酒的发展，相反，现在的酒产业已经成了许多国家的财源，这说明酒的生命力是不可低估的。人类需要交际，而目前还没有哪一种东西能更好地替代酒在交际中的作用。所以，孔子对酒采取了一种中庸的态度，值得我们借鉴。

5. 讲中庸不是和稀泥

孔子提倡中庸，这是众所周知的事情。但是有相当一部分人却把中庸理解为折中，这就是对孔子学说的误会了。关于中庸，《论语·雍也》是这样解释的："子曰：'中庸之为德也，其至矣乎！民鲜久矣。'"这句话的意思是，孔子说："中庸这种道德应该是最高的了，大家已经很长久地缺乏它了。"可见，孔子所讲的中庸，是一种道德标准。所谓的"中"，是中正，中和。中正、中和是古代哲学家的术语，其意是合理的，至当不移的，是一种无过也无不及的"度"，这个"度"的把握要在一个不偏不倚的标准上。为什么要不偏不倚呢？这是因为要符合"道"，用今天的话讲就是要符合真理。"庸"是"用和常"之意，因此"中庸"即是"用中为常道也"，是"执其两端，用其中于民"。(《中庸》) 可见中庸的思想很通俗，并不是什么深不可测的玄学，它要求人们为人处事要"允执其中"，符合公认的原则，符合事物发展的规律，不刻意去改变事物的固有形式。它要求的存在形式是一种和谐状态，但这种和谐是建立在"正道"基础之上的，不是无所遵循的杂糅。

中庸思想有两个突出的特征，一是反对过头和不及，认为过犹不及。这个特征用现在的话说就是“左”和“右”都不好，好的立场应该是不“左”不“右”，居中正之位。二是主张“和而不同”。和，是保持矛盾对立面的和谐；同，是取消矛盾对立面的差异。《左传·昭公二十年》记载，晏婴曾经很形象地来描述“和”与“同”的差异，他说，以烧汤为例，所谓“和”，就是用锅来熬汤，里面放入盐、醋、梅子等佐料，再烧火来慢慢烹饪鱼、肉，厨师加以调和，“济其不及，以泄其过”，这样熬成的汤才有滋味，有营养。而“同”就是以水调和水，不用任何佐料，这样的汤哪里有什么滋味？

折中的意思人们都很清楚，它的突出特征就是无原则的“调和”，是将各种不同的意见进行调和，得出一种于各方都模棱两可的含糊结论。折中没有什么明确的标准，它如同建筑上使用的“三和灰”，只要调出那种黏性很强的灰浆，把各种材料黏结在一起就是目的，所以有人形象地把折中称为“和稀泥”。

中庸不是折中，中庸思想和庸俗的折中主义是完全不同的两码事，两者最大的区别是坚持原则还是丧失原则的问题。一贯称道中庸的孔子是一个原则性很强的人，为了原则他可以不顾自己的安危。前文曾说过的“陈恒弑君”就是例子，这件事在孔子眼中是大逆不道的，不管他政绩如何，弑君之罪不可饶恕，孔子自然十分愤慨，不顾自身年老体迈，如临大典一般沐浴更衣，然后郑重其事地去朝见鲁哀公，希望哀公能发兵讨伐齐国，匡扶正义，恢复秩序。孔子在哀公那里碰了钉子，又去找当时主政鲁国的“三桓”，即季孙、叔孙、孟孙。结果还是被拒绝了。在这件事情上可以看出孔子是一个不拿原则做交易的人。按理说，既然陈恒在齐国受到了广泛的拥护（因为齐国的民歌都在为陈恒歌功颂德），对此，孔子完全可以用“道善则得之，不善则失之”和周公“惟命不于常”（《大学·康诰》）的理论依据来个顺水推舟，不去请兵征讨，自讨没趣。但孔子没有这样做，他认为自己既然忝居大夫之位，遇到这样的大事，就不能不管。因为孔子知道，这种现象如果得不到惩罚，一旦各诸侯国都这么效仿起来，天下岂不大乱？

以当今现实为例，20 世纪 90 年代初伊拉克悍然出兵武装侵占科威特，针对这一事件，国际社会出现了很奇怪的现象，有的国家予以谴责，有的国家要求联合国出兵去驱逐伊拉克侵略者，有的国家在“和稀泥”，态度暧昧不明。对待这个国际问题，坚持中庸的立场和坚持折中的立场就泾渭分明了，要坚持中庸，就会如当年的孔子一样来伸张正义，对这种侵略行径加以谴责，主张恢复科威特主权，恢复国际秩序；要坚持折中，就会等下去，拖下去，后者显然只能是美好的愿望，而坚持这种观点的国家可能没有想到，如果有一天这种事情出现在自己的国家，又该做何感想呢？

中庸不是折中，这在孔子的著作中不难找到根据。《论语·阳货》中有“乡愿，德之贼也”一语，这里的乡愿，就是指信奉折中主义的好好先生，孔子认为这种你好我好大家好的“好好先生”是让人痛恨的，是“德之贼”。既然孔了把折中主义当作是德之贼，又怎能说是“之为德”呢？可见，孔子所说的中庸，绝不是我们所说的折中。令人遗憾的是，人们一直把中庸当折中解释，很少有人去研究孔子中庸的本来意义，造成了对儒学的误解。

其实，中庸思想是孔子在古人的思想基础之上发展而来，“敏而好古”的孔子对前人的文化遗产格外痴迷，其研究到了融会贯通的程度。孔子之前，《易经》中已经有了中庸思想的基础，因为《易》之变化，所秉承的规律就是自然天道，而这个自然天道就是中庸所要求遵循的东西。老子《道德经》第二十五章中明确提出了“人法地，地法天，天法道，道法自然”的观点。这种相互效法的链条靠什么来维系？就是中庸思想所追求的中（正）和庸（平常）。今天批评一个人说不走正道，就是说这个人背离了中庸之道，所以，孔子说：“君子中庸，小人反中庸。君子之中庸也，君子而时中；小人之反中庸也，小人而无忌惮也。”(《中庸》) 意思是说：君子一言一行都符合中庸的准则，小人的行为却违反中庸的准则。君子能做到中庸，是因为君子做事处处处置恰当。小人之所以违反中庸，是因为小人从来没有什么顾忌和畏惧。

由此看来，认为孔子中庸思想就是折中主义的观点是片面的，不正确的，这种错误的观点对于认识孔子、了解儒学会产生一种十分消极的误导作用。

6. 学孔子悟《易》理

孔子曾经遗憾自己接触《易》太迟，他读《易》，绝不是从占卜的角度来研究，他是从探究事物内在的“道”出发，寻找一种趋利避害、逢凶化吉的精神方法，所以他说：“加我数年，五十以学《易》，可以无大过矣。”（《论语·述而》）

孔子对《易》的研究是从何处下手，又是怎样来思考的呢？对此，人们从《周易·系辞》中似乎就能叩开《易》之门。

《周易·系辞》在讲述乾坤两卦时，是这样说的，“天尊地卑，乾坤定矣。卑高以陈，贵贱位矣。动静有常，刚柔断矣。方以类聚，物以群分，吉凶生矣。在天成象，在地成形，变化见矣。

是故刚柔相摩，八卦相荡，鼓之以雷霆，润之以风雨；日月运行，一寒一暑。

乾道成男，坤道成女。乾知大始，坤作成物。

乾以易知，坤以简能；易则易知，简则易从；易知则有亲，易从则有功；有亲则可久，有功则可大；可久则贤人之德，可大则贤人之业。易简而天下之理得矣。天下之理得，而成位乎其中矣。”

解释如下：

天高在上，地低在下，乾坤的位置就确定了。高低排列有序，贵贱的地位就明确了。天动地静有一定的规律，刚柔自然就分明了。人以其同类相聚，物以其种群相分，凶和吉就出现了。在天上，形成日月星辰等天象，在地上形成山川草木等形体，变化就出现了。因此，刚柔相互作用，八卦相互推移，雷霆鼓动，风雨润泽，日月运行，寒暑更替，乾道构成男性，坤道构成女性。乾创始万物，坤养成万物，乾以其平易让人了解，坤以其简约显示功能。平易则易了解，简约则易顺服。容易了解就会使人信服，容易服众则可建功立业。有人信服可以持久，建功立业可以发扬光大。持久是贤人的品德，光大是贤人的事业。因此，弄懂了乾坤平易和简约，就把握了世界的根本原理，而把握了这一根本原理，就能在天地间确定属于自己应有的位置。

这等于将乾和坤看成了《易》之两扇门。

首先，乾坤两卦是《易》之基础。八卦固然义理深邃，但都是在乾坤两卦的基础之上变化而来，这个问题不难理解，天地的存在，才有人间万物，离开天地的覆盖与承载，一切都无从谈起。所谓天地，其实就是现在我们所说的大自然，是人类生存繁衍的大环境。《易》所要探究的就是这个大环境与人的关系。

其次，乾坤两卦是《易》之产生的最初素材。古人发明《易》，就是“仰以观于天文，俯以察于地理”(《周易·系辞》)，从自然实践中得来。一阴一阳之谓道，阴阳间的此盈彼消不是随意的，它有其内在的变化规律，如同大海的潮汐，如同地域与生物的联系等。任何事物都是矛盾的对立统一体，也就是古人所说的阴阳相聚。阴阳在不断变化，矛盾也在不断转化，这使人们产生了一种要把握这种变化规律的愿望，这便是《易》产生的最原始的原因。

再者，乾坤两卦是《易》的精蕴所在，《易》之生命就在于乾坤的阴阳变化，如同生活中有白天和黑夜一样，如果世界上尽是极昼或极夜，很难想象还会有大千世界的存在。《易》中其他卦可略，但乾坤两卦不可或缺，因为离开了这两卦，《易》就不成为《易》了。

从大的方面说：天地两仪间加上一个人，就是三极，每一卦中的六爻变化就是来表示三极变化的规律。

孔子从天地乾坤的位置，引申到自然中万物的卑贱高贵排列，这是不以人的意志为转移的。就像山上草和涧底松一样，尽管有的诗人感慨颇多，生出许多怀才不遇的情愫，但这是没有办法改变的现实，而且这是在它们拥有生命之前就注定的事情，所以有人称之为命运。如果说天地之位是无法改变的话，那么接下来就是人为的因素了。人以其类相聚，物以其群相分，吉和凶就产生了。很多人对此不理解，为什么仅仅是人和物分分类、聚聚群就会有凶有吉呢？孔子的分析是十分精辟的，所谓易，是探究变化之理的，在变化之中把握凶吉悔吝。谁都知道，人是有思想的，而人的思想是存在差异的，不同思想的人如果在一起，必然会相互影响，随着时间的推移，肯定有一方的思想会发生变化，要么影响别人，要么被别人影响，总之不发生变化是不可能的，而一旦变化出现，那么凶吉自然生矣。明白了乾坤的平易和简约，就掌握了天下的根本原理，就掌握了《易》之精髓。孔子之所以把结论归结到“成位”上，是因为位置问题是易理的玄机所在。孔子“君子思不出其位”“不在其位，不谋其政”这些思想，都是基于这种易理。对于一个人来说，在适合自己的位置上扮演好自己的角色，是光大事业保全自己的基础，反之，就违背乾坤之道，凶险自会出现。

可见，孔子把一部许多大儒望而却步的《易》，用乾坤之理作了概述，让人茅塞顿开。

孔子认为，上古之人之所以发现了《易》之道，不是空想出来的，而是在社会实践中获得的。古人仰观天上的日月星辰，俯察地上的山川草木，因此能知晓阴阳变化的原理。推本求原，循流探终，因此得知事物发展的规律。精气凝聚生成物体，游魂离散发生变化，由此可知鬼神的情状。可以看出，《易》是由此及彼的一种认识方式，这种认识方式是从天地自然中总结出来的，它的目的是引导人们“乐天知命”“安土敦仁”，说白了是要人们顺应天地自然变化的规律，从而达到一种“自天佑之，吉无不利”的目的。

《易》作为一种事物内在的规律，它不是具体的，用孔子的话说是“神无方而《易》无体”。那么怎么去把握它呢？孔子又说：“一阴一阳之谓道，继之者善也，成之者性也。”（《周易·系辞上》）

一阴一阳相互变化叫作“道”，继承“道”的是善，成就“道”的是性。这说明“道”是无处不在的，凡事都有正反两个方面，这种矛盾的变化转变是仁者见仁，智者见智，而大多数人天天处于道中自己却茫然不知。这里有一个很重要的字——性。

对这个字的理解，我们不妨翻翻《中庸》，《中庸》开篇第一句话就是“天命之谓性”，是说上天赋予人的本能就是性，又称天性。孔子在这里说成道的是性，是在强调道的客观性，这也看出孔子与黄老之学的区别，也说明孔子不愧是教育大师，对《易》这种晦涩难懂的著作，做到了深入浅出。

孔子对《易》的肯定是极其理性的，他认为《易》是圣人用来提高道德修养，扩大事业成就的。“知崇礼卑，崇效天，卑法地。天地设位，而《易》行乎其中矣。”(《周易·系辞上》) 人类分工越来越细，标志着文明程度的提高，孔子一贯强调的礼治思想在这里找到了理论根据。“知崇”是智慧贵在崇高，是效法上天；“礼卑”是礼节贵在谦下，这是仿照大地而来的。那么天地设定了上下高低贵贱尊卑的位置，易道就在其中运行了。生活中要遵循这个道，不能偏离，偏离了就会出问题。为此，孔子还举了一个例子，他说，著《易》的人大概了解盗贼，《易》说：“负且乘，致寇至”，就是说，一个粗衣裹腿的小人如果坐着华丽的车子出行，那么就会招致贼寇来抢夺。为什么呢？孔子说，负 (背东西)，是小人的事，乘 (车子)，是君子的用具，小人坐君子的车，盗贼当然要抢夺了。孔子举这个例子的用意在说明遵循天地之道，要在自身上找原因，你违背了道，当然就要出问题。国君不理朝政，官员横征暴敛，老百姓肯定要造反；大庭广众之下炫耀自己的钱财，小偷不盯上你才是怪事；所以，“君子将有为也，将有行也，问焉而以言”，努力使自己的言行举止符合道的要求，这样才是明智的。

孔子在《周易·系辞》中着重强调“变”这个观

点，说明他抓住了《易》的精髓。任何事物都不是一成不变的，正所谓“刚柔相推，变在其中矣”。那么凶吉悔吝这四种结果，是“生乎动也者”，不动是没有卦的，卦是由动而生。而如何才能在变化中立于有利的地位，他提出了一个“贞”字，即“凶吉者，贞胜者也。天地之道，贞观者也。日月之道，贞明者也。天下之动，贞一夫者也。”什么意思呢？就是说：凶吉之道，守正才能获胜；天地之道，守正才能受人景仰；日月之道，守正才获光明；天下变化，万物都统一于守正。孔子为什么如此突出守正思想呢？如果我们仔细读一下儒家的经典著作《中庸》，这个问题就不难理解了。儒家历来把不偏不倚作为君子的处事之道，《易》中支持了这一观点，在变化的事物中，人们最好的立场就是“守正”，只有做到了守正，才能顺应变化之道，立于不败之地。

孔子在解释《乾》卦上九爻辞时，对“亢龙有悔”的分析就很说明问题。他认为尊贵但没有实际的权利和地位，高高在上又得不到民众的拥护，这是很尴尬的际遇。比如：一个本来很优秀的老师，一下子被提拔当了局长，每天除了会议再无具体分工，上不着天，下不落地，心里怎么能平衡得了？因此说，条件没有成熟时的飞翔是容易跌落的。贤人居于下位而又无人辅佐时，更不能贸然有所行动，要等待时机，抓住机遇，然后才乘势而上。如果不审时度势，一心恃才斗勇，则未必有好的结果。孔子说的“在上位，不凌下；在下位，不援上”（《礼记·中庸》）也是这个道理。

孔子把阴盈阳缺、此消彼长作为观察事物发展变化的公式，以此求得人们各自需要的解答，这是他对《易》的破题之功，意在引导人们防微杜渐，居安思危。在《周易·系辞》中他的这一观点说得再清楚不过了。“善不积不足以成名，恶不积不足以灭身。小人以小善为无益而弗为也，以小恶无伤而弗去也，故恶积而不可掩，罪大而不可解。”“危者，安其位者也；亡者，保其存者也；乱者，有其治者也。是故君子安而不忘危，存而不忘亡，治而不忘乱，是以安身而国家可保也。”

从以上文字中不难读出：危险是由于自以为安全造成的，灭亡是由于自以为能万岁造成的，动乱是自以为政治清平造成的。掩卷深思，在今天仍然令人深省。

7. 长存敬畏之心

孔子说君子有三畏，畏天命，畏大人，畏圣人之言。此三者不得不畏，因为这是君子的护身符。

天命，是上天的旨意，用今天的话说是大自然的运行规律，不遵守规律，必然遭受大自然的惩罚，这是人类进化中用鲜血和生命换来的重要教训。畏天命不是孔子的发明，《尚书·盘庚上》中就有“先王有服，恪谨天命”的说法。天命，在生活中又叫命数，这是一个复杂的概念，至今尚不能完全研究透彻。唐人刘禹锡在《天论》中认为，凡物必有数，由数可以得理，顺乘其势。刘禹锡说的数和理，就是《易》中所要探究的变化规律。

抛开其他问题不讲，就自然规律而言，不敬畏者必遭惩罚。恩格斯说：“我们不要过分陶醉于对大自然的胜利，对于每一次这样的胜利，自然界都报复了我们。”的确，人类每一次对大自然的破坏，都会遭受相应的惩罚，或早或迟，只是个时间问题而已。

畏天命，君子便不会横遭不测。在科技不发达的古代，敬畏是保护自己的最好手段，而不畏天命，违背自然之道，则常常死于非命。古代蒙古草原上的游牧部落，普遍畏惧雷电，一马平川的大草原上，在雷电交加之时，你骑马出去放牧，不成为雷击的活靶子才怪！所向披靡的大军在草原行进时，遇有雷电便会伏地等待，任凭雷鸣雨淋，不再起身行军，直至雷电过去。

畏大人，则是对权威的敬畏。大人，一般是指老者、长者和尊者，代表着权力和威严。君子畏大人，就会保持谦虚谨慎的态度，不会傲慢无礼，不会忘乎所以，处处依礼行事，不越雷池。在古代，对长者不敬，说明此人无礼；对老者不敬，说明此人不孝；对尊者不敬，则会受到惩罚。君子要想行稳致远，必须夕惕若厉，敬畏大人，否则永远不会有“利见大人”的机遇。畏大人的实质是时刻提醒自己知道“我是谁”，给自己在社会生活中有个准确的定位，这是孔子特别看重的一点。不当位，就做不到名正言顺，孔子对卫国发生的父子继位之争，曾发表过著名的一段话：“必也正名乎，名不正则言不顺，言不顺则事不成。”（《论语·子路》）因此，君子在社会上一定要找准位置，名正言顺地做人做事。

畏圣人之言，实际上是对真理的敬畏。古代没有真理这样的哲学概念，自然规律，称之为天命、天理，社会规矩，则体现在圣人的教诲上。孔子眼中的圣人尽是社会公认的圣贤先王，尧舜禹是，文王武王周公是，春秋之前有卓越政绩的一些大夫是，而同时代的人，几乎没有被称为圣人的。在孔子眼中，圣人之言代表人类社会宝贵的实践经验，对此不得不敬畏。比如说，圣人主张少言、慎言，孔子便进一步阐发了这一思想，提出“君子讷于言而敏于行”。（《论语·述而》）圣人主张“敬德保民”，孔子便因此发挥出仁政德政思想，等等，孔子从圣人之言中受益良多，所以才深有感触地发出要畏圣人之言的提醒。

现实生活中也是这样，一个有敬畏之心的人，就是一个有所遵循的人，这样的人不会见利忘义，不会为所欲为，更不会铤而走险，和有所敬畏的人在一起，你会感到安全、上进、充满正能量，而和那些无所敬畏的人在一起，很难预料会有什么出格的事情发生，稍不留意，便会被稀里糊涂带到泥淖里去，这是孔子为什么提倡要交益友而不交损友的原因。

8. 圣人不吃眼前亏

很多人都以为孔子是个很迂腐的老头儿，办事认死理，这实在是对这位圣人的误解。从孔子能够具体问题具体对待的许多事情来看，孔子是一个非常讲究策略的人，是一个从来不吃眼前亏的人。

有两件事情可以看出孔子的这种智慧。

一件是前文提过的孔子在陈蔡遇险一事。

孔子周游列国时，要从陈国到卫国去，路过蒲地时，恰巧遭遇公叔氏在蒲地反叛卫国。公叔氏扣留孔子一行，不让他们到卫国去，形势非常危急。这时，跟随孔子的弟子公良儒，表示出誓死战斗的决心。公良儒身材高大，孔武有力，又具有仁德。他与蒲人搏斗十分激烈，蒲人害怕了，就对孔子说：如果你不到卫国去，我们就放你走。孔子与蒲人签订了协议，表示不到卫国去，于是蒲人放孔子一行从东门出去了。孔子一行脱险后，并没有履约不去卫国，而是一路直奔卫国，见到了卫灵公。弟子子贡对孔子这种违约行为提出质疑，孔子说："要盟也，神不听。"(《史记·孔子世家》) 什么意思呢？就是说："要挟之下订立的盟约，神是不会认可的。”

第二件是孔子在鲁离职一事。

鲁定公十四年，五十六岁的孔子由大司寇代理国相职务，任职三个月，鲁国的政局就有了很大的改观。其邻国齐国听到这个消息后害怕了，他们认为“孔子为政必霸”，就是说如果孔子这么治理鲁国，鲁国一定会称霸。而鲁国称霸，作为它的邻国齐国，就必然被吞并。于是，齐国的美人计奏效，先是季桓子偷偷摸摸自己去驻扎在鲁城南门外的“偶像女团”打探了三次，然后又让鲁君以下乡视察为名，乘机整天到南门外寻欢作乐，国家的政事因此而懈怠。在这种情况下，孔子选择了离职而去。在离开鲁国时，有个叫师己的乐师来为他送行，对他说：先生您没有过错。孔子没有正面回答师己的话，而是道：我唱首歌好不好？于是唱道：“彼妇之口，可以出走；彼妇之谒，可以死败。善优哉游哉，维以卒岁！”《去鲁歌》孔子这首歌的大意是：那些妇人的口，可以让贤臣出走；和那些妇人亲近，可以让人败事亡身。还是优哉游哉好啊，这样可以安度岁月。

无须举更多的例子，从这两件事情的处理上，可以看出孔子的策略水平。以第一件事情看，如果孔子抱着死理不妥协，不和蒲人签订盟约，那么尽管弟子中有能打敢拼的公良儒，但其结果只能是鱼死网破。所谓识时务者为俊杰就是这个道理。要挟之下的盟约是不平等盟约，用现在的话讲是无效合同，没有必要被这样一张废纸捆住自己的手脚，因此，孔子脱离蒲地后没有任何犹豫就去了卫国。如果没有这种斗争策略，很难说会有一个什么样的结果。从第二件事情看，如果孔子不采取离职而去的做法，那么结果有三：一是说服了鲁君，退了齐国的美女良马；二是因为直言得罪鲁君和季桓子，惹来杀身之祸；三是鲁君一方面接受美女良马，一方面仍由孔子来管理政事。这三种结果孔子不可能不做分析，第一种结果几乎不可能出现，因为孔子自己都承认："我未见好德如好色者也。"(《论语·子罕》) 鲁君既然对齐国的美女动了心，孔子就很难劝阻，民间之所以有"劝赌不劝嫖"之说就是这个道理，因为陷入情色之中的人是神牛也拉不回头的，一个弱不禁风的小女子尚能大胆私奔，一个不受约束的国君会怎么样自然可想而知。第二种结果也不是不可能出现，如果孔子一味地进谏，惹怒了鲁君和季桓子，丢官事小，没了性命也是可能的，比干之死孔子不会不知。第三种结果即使能出现，也是与孔子的理想相悖，孔子绝不会那样去苟活，因为孔子一直都在践行周礼，这种与礼制思想相抵触的现实他不可能认同，所以，孔子只能选择出走。孔子这种选择也说明了他的智慧，使他从两难的境地中得以解脱出来，脱离了君臣之间的是是非非。

9. 老有老的样子

孔子说："吾十有五而志于学，三十而立，四十而不惑，五十而知天命，六十而耳顺，七十而从心所欲，不逾矩。"（《论语·为政》）这里提到了六十、七十两个年龄，也就是老年之后应该怎么做人的问题。孔子用了"耳顺"和"不逾矩"，来说自己到了这个年龄的状态，这实际是在告诫人们，人老了，要有老的样子。

耳顺，一般来说是能听进不同意见，这仅仅是两字表面意思，孔子真正的用意是这耳听、那耳冒，听见什么就像耳旁风一样顺风而过，不要在意。为什么这样说呢？这和人自然状态的衰退有关系，人老了，你的身体、精力都容不得再去担当更多的事物，这个时候就应该量力而行、适可而止。人老了开始眼花，是身体不让你去观察更细微的东西，观察到了无力去解决，空有一腔烦恼。老年人耳背也是如此，不要再去听别人的窃窃私语，正所谓眼不见心不烦，耳不听心清净，这实际是人体对自我的保护。

孔子主张老年人要有老的样子，这在他另一段话里也有所体现。“君子有三戒：少之时，血气未定，戒之在色；及其壮也，血气方刚，戒之在斗；及其老也，血气既衰，戒之在得。”（《论语·季氏》）这个“得”的意思其实是舍，人到了老年，该放下的就要放下，不能再什么都不满足，该颐养天年了，还劳累无度，这是对生命的透支。孔子说：“人有三死而非命也者，人自取之。夫寝处不时，饮食不节，佚劳过度者，疾共杀之；居下位而上忤其君，嗜欲无厌而求不止者，刑共杀之；少以犯众，弱以侮强，忿怒不量力者，兵共杀之。此三死者，非命也，人自取之。”《孔子家语·五仪解》三条中首要一条，对老年人就是一个告诫，不能寝处不时，饮食不节，佚劳过度。老子也说过类似的话，目的都是告诫人们遵循自然规律，不要贪心过盛。

有一位民营企业家，资产数十亿，七老八十了，还不肯将公司业务交给子女打理，不相信子女能把企业管好，自己整天没黑没夜地忙碌，经常出差坐飞机飞来飞去。这样敬业不是坏事，问题是随着年龄越来越大，老人的思维和反应能力明显减弱，而且逐渐喜欢听溢美之词，对敢于发表意见的下属则训斥、调岗，时间一久，冗员当道，人才流失，原本势头不错的企业出现了颓势。后来，这位企业家因突发脑溢血不治，公司各种业务儿女都接续不上，造成的损失无法估量。

老年人，血气既衰，这是不可逆转的自然规律，对此，只能坦然面对，世上没有什么蓬莱仙岛，也没有什么长生不老之药，虚妄之心，往往会做出贻笑大方的蠢事。有一个老板，听说科学家已经研究出人类基因转化药物，注射这种药物便可使细胞再生，基因转换，活个一两百岁不成问题，为此，浪费了不少钱财。殊不知，真要是基因发生了转化，活着的那个人还是你“自己”吗？

销售虚假保健品的无良商贩最钟情老年人，他们只要反复强调这些保健品能够延年益寿，就有老年人竞相购买，这些老者便是老没有老样，成了骗子戏耍的大头。

“七十不逾矩”这句话很重要，它对民间那句俗语给予了修订。民间俗语是“老要张狂少要稳”。老了真的需要张狂吗？孔子的回答显然是有限度的，老年人可以张狂，因为在生命的黄昏，展现夕阳之美也是人之常情，但要记住，千万不能逾矩，逾矩就是犯忌，就是倚老卖老，为老不尊。前段时间有媒体报道，说公交车上有老人嫌小姑娘不让座，竟然坐到了人家姑娘腿上，不仅坐了，还强词夺理，令人厌恶，这不但逾矩，而且还涉嫌犯法。所以有人说，出现这种现象不是老人变坏，而是流氓变老了。

老有老的样子不是让老人无所作为，晚年生活只要安排设计得好，同样会丰富多彩。孔子晚年把主要精力用在带领学生整理编撰古籍上，其成果甚至超过了他青壮年时期。老年人安排设计晚年生活需要考虑“耳顺”“不逾矩”两条，既不能再豪情万丈，也不要再“怒发冲冠”，因为老年人的血管变脆，血压变高，心脏负荷有限，做什么事情要量力而行，适可而止，防止突发意外。

七、文学篇

1. 孔子的诗教论

素有万世师表之称的孔子是如何认识文学的？这是一个值得研究的课题。当然，翔实的论证和考据那是专家的事，对于我等大众来说，对孔子的文学观有个基本的认识也就足够了，不需要把简单问题复杂化。

其实，孔子持有什么样的文学观，孔子自己已经说得再清楚不过了。《论语》中记载，孔子在教育弟子们要读《诗》时说："诗可以兴，可以观，可以群，可以怨。迩之事父，远之事君，多识于草木鸟兽之名。"（《论语·阳货》）其中比较完整地说出了老夫子的文学观。

这段话应该怎样理解呢？首先，要弄明白"可以兴"这个"兴"有什么含义。所谓"兴"，有的解释是激发情感，有的认为是比兴。应该说这些解释都有道理，但是，不要忘记孔子这里的诗指的是《诗三百》，就是后来的《诗经》。《诗经》从本质上讲是文学，是表达情感的文字。我认为这里的"兴"显然包含了激发想象的成分。我们都清楚，如果没有想象力，我们仰望星空还有什么意义？激发想象是孔子文学观中最为重要的含义，就是说文学的第一功能是培养想象力的。一旦文学失去了培养想象力的功能，那么文学就会变得功利，变得浅薄，会沦落为某种附属工具。

接着，我们要搞清楚“可以观”的“观”所蕴含的意思。观，是认识社会的方法，类似哲学上讲的世界观，这里包含着文学的认知功能。人类社会，林林总总，在文学作品中必然有所反映，阅读文学作品，能间接地了解相应的思想观点和分析推理的方法，这些知识成了人类进步的阶梯。文学的认知功能是大众需要，是传播的根本动力，很多人读书就是为了获取知识、增长才干。这里所说的“观”在孔子眼中还有常常被忽略的两层含义：一是玩赏，也就是后来所说的审美，即欣赏文学作品能获得身心愉悦；一是规劝，即劝诫人生趋利避害，走人间正道。由这个“观”字，我们可以看出孔子文学观的第二个层面，那就是文学应该具有认识社会、愉悦身心、启迪人生之功能。

那么，“可以群”中这个“群”的含义该如何理解呢？群，在这里应该有两重含义：一是助群。强调文学可以鼓舞人、凝聚人、影响人。孔子从《诗三百》中读出了这一点，因为，“风雅颂”中每一类诗作都体现了群的特征；二是合群。主张文学要将“小我”融入“大我”，通过“小我”来体现“大我”。这一点《国风》中很多作品都可以佐证。“群”之观点是孔子文学观的第三个层面。这一层面实际是回答了文学应该为自己还是为大众的问题。有的作家宣称写作是为了自己，与别人无关，显然与孔子的文学观相悖。作家之笔抒发一己情怀这没有错，但脱离生活、脱离大众的写作，最终会被社会和大众所抛弃也有前车之鉴。胸怀“大我”，写作境界方能提升，文学价值才会更大程度地得以彰显。

还有，我们要准确把握“可以怨”中的这个“怨”字。孔子所说的“怨”绝不是简单地发牢骚，因为孔夫子历来主张不怨天、不尤人。这里的“怨”是讽谏。我们从《诗经》中随手就可以找到讽谏王和富贵者的诗作，这些诗都是孔子从浩瀚的诗篇中保留下来的，而且没有删节，原汁原味。孔子关于“可以怨”的文学观，指出了文学另一种不可或缺的功能，就是文学的批判性。孔子保留了这些具有强烈批判性的诗作，说明他认可这个功能，也就是主张文学要干预社会。事实也是如此，诗如果被漂白，社会就会肮脏，诗中多了怒吼，生活便不会压抑。

最后，关于近可以服侍父母，远可以效命国家，这是表达文学应该具备的家国情怀。而通过文学作品学习一些自然知识也是理所当然的事情了，草木鸟兽不是可有可无的东西，它代表的是自然，文学表达不能忽略自然，更何况人类的进步，总是以自然付出的代价为前提，忽略自然，就不懂得感恩，这是文学的歧路。

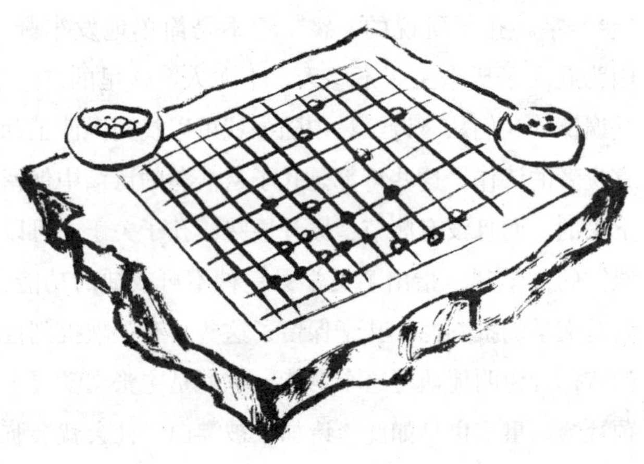

2. 六十四卦精义点评

孔子为《易》作七传，其中《杂卦传》最短，但这篇短文却最值得玩味。

“乾刚坤柔，比乐师忧。”孔子几乎是用诗的语言来解释乾、坤、比、师、四卦，语言之精简堪称大师，也说明孔子不愧是编纂《诗经》的高手，能一字点破卦义。

“临、观之义，或与或求。”

《临》《观》两卦的卦义，一个表示施予，一个表示寻求。临是下兑上坤，象征泽上有地，怎么会是施予的卦义呢？而观卦是下坤上巽，风行地上，又与寻求何干？仔细玩味孔子的分析结论，结合卦象再看，就会慢慢接受孔子的释义。临卦的卦象表明君臣相得，元亨利贞，这种情况当然要泽加于民。观卦中以酒酹地，说明心中必有所惑，需要求诸神明。

“屯见而不失其居，蒙杂而著。”

不失其居，就是安得其所。未脱离其母本胚胎，所以不失其所，占得此卦有利于封建诸侯也是这个意思。《蒙》卦其卦象是山下泉出，怎么会有错杂的概括？孔子如此解释的原因是此卦本意是启蒙，但启蒙教育有启蒙教育的原则，那就是“非我求蒙童，蒙童求我”。就是启蒙教育应遵循师生在目标上的统一，不能违背学生的意愿和兴趣进行启蒙教育。但是现实中往往不是这样，这个关系一直比较错乱，故有“而杂著”之说。这是孔子作为一个教育家对“蒙”清醒而敏锐的认识。

“震起也，艮止也，损益盛衰之始也。”

《震》卦喻雷霆震响，自然有兴起、荡起之意。艮为山，路遇山当阻，所以为止。正如此卦第一爻爻辞所说：“艮其趾，无咎，利永贞。”就是说，停住脚步，没有灾祸，利于永远守正。行路遇到大山阻挡，当止则止，贸然行进，必然有凶。孔子对此卦的总结是精辟的，解此卦，就在不失当止则止之道。比如你在赌场赢了大笔钱，这钱把腰包撑得鼓鼓的，你心里痒痒的，总以为自己手气天下第一，还想去试运气。这个时候如果你占得《艮》卦，你就要慎重了。《损》《益》两卦分别是兴盛和衰微的开始，这是很清楚的，所谓物极必反，福祸损益，必然所伏所倚，孔子对这两卦的解释，实际在揭示一种事物发展的规律。

“大畜时也，无妄灾也，萃聚而升不来也。”

《大畜》，是积畜以待时，所以孔子给该卦定性为时。君子占得此卦应努力学习，修正德行，充实自己，以等待发展机遇。《无妄》是谨慎防灾，其主旨是不妄为，因为此卦的卦象是天下雷动，故不宜行动。孔子认为，“无妄之往何之益？天命不佑，行矣哉？”意思是说：老天不保佑你，能行动吗？《萃》卦是荟萃之意，表示聚。《升》卦的卦象是地里长出树木，节节上升，是极为亨通之意，所以孔子说“不来也”，是升而不会回转，占得此卦，就可以如民歌中所唱，“妹妹你大胆地往前走，莫回头，通天的路是九千九百九”。

“谦轻而豫怠也，噬嗑食也，贲无色也。”

《谦》卦之轻当自轻，自轻才能谦虚，正所谓人架子大了不值钱，自己把自己看得淡一些没有什么不好，因为你的素质和水平是客观存在的，不说也掉不了价，如果一味地推销自己，倒容易被打折。《豫》卦卦象是地上有雷，雷声轰响，大地震撼，所以是和乐之意。但孔子在这个利于建功立业的卦中隐藏着自己的担心：沉溺于和乐，必然出现懈怠。《噬嗑》比较好理解，就是嚼食。孔子精彩的解释是《贲》卦。贲是修饰的意思，为什么会无色呢？原来任何修饰都不能过分，正如一个年老色衰的女子，想靠五花八门的化妆品，靠玻尿酸等医美手段挽留去意已决的青春，其结果只能把自己弄得别人认不出来，这就是孔子所说的“无色”，即失去本色。

“兑见而巽伏也，随无故也。”

《兑》就是喜悦的意思，喜于心必溢于表，故称见（现）。《巽》卦卦象是风上有风，风随风不断吹来，草木如何不伏？伏之意在于顺承，即随风而动。《随》卦无故就是没有祸患。孔子说君子观《随》卦卦象，傍晚就回家安歇，睡觉做美梦，因为这一卦就是平安无事。

“蛊则饬也，剥烂也，复反也，晋昼也。”

饬，是治理整顿。《蛊》卦是因为有变故，所以要整饬，整饬的目的是为了纠正错误，利于守正。《剥》卦是腐烂剥落，其卦象是高山伏着在平地，说明其上位已经有所动摇，颓势已成定局，上位之人观此卦应该厚待下属，以求安居。孔子想告诉人们要避免类似的事情，君子从这一卦象中应该知道天道运行、消长盈虚的规律，以免不利于自身。《复》卦之“反”即返回之意，是说君子由上返下，当收敛其势，不要再过于张扬。《晋》卦之“昼”，则是一片光明的意思，晋见君王，自然蓬荜生辉，如同得到阳光照耀一样，此卦就如同它的卦象一样，上离下坤，太阳照耀大地，自然是前途明亮。

“明夷诛也，井通而困相遇也。”

《明夷》，顾名思义就是光明陨落，所以孔子定性为诛。从卦象看，此卦是下离上坤，说明太阳隐没大地，所以当韬光养晦，以图东山再起。孔子认为周文王正是以此卦脱险。《井》卦通达自不必说，因为不通就不是井了，而《困》卦则是遭遇艰难，孔子形象地比喻泽中无水为困，可以用卦中六三爻的爻辞来分析：“困于石，据于蒺藜；入于其宫，不见其妻，凶。”想想看，受阻于巨石，前进是无望了，周围又生满了蒺藜，被刺破手脚是难免的，好容易回到家里，却又不知到妻子去了何处，结果肯定是凶了。

“咸速也，恒久也，涣离也，节止也，解缓也。”

《咸》卦迅速，是因为“咸”是感应的意思。这个卦如果用现在的汉字应该是个“感”字。《恒》为恒久，这是人人都懂得的字义，此卦的要义是揭示天道恒久的道理，以此观察世上万事万物，就不会在变化的世界中无所遵循了，君子观此卦，能树立牢固的思想信念就是这个原理。《涣》卦卦象是下坎上巽，这种风行水上的现象，必然导致波涛汹涌的后果，象征人心涣散，这个时候就需要祭祀先祖以凝聚人心。英明的先祖是不倒的大旗，聪明的继位者不会为了树立自己的权威轻易砍倒祖先大旗，树倒猢狲散，旗落人心失。《节》卦为什么是制止？这是因为“苦节不可贞”，是说过分节制是行不通的，比如说为了节约，把行政机关预算一减再减，以至于公安干警外出公干都需要自己垫付旅差费，这种过分的节制，就是“苦节”，其结果是各个部门像饿狼一样自己违规讨食吃，弄得基层苦不堪言。“苦节”当止，这是《节》卦的卦内之意。《解》卦是解除险难。雷雨发生，天地舒解，受到雨露滋润的草木种子都破壳而出，这是破除桎梏的卦象。孔子认为，君主占得此卦就该大赦天下了。

“蹇，难也。睽，外也。家人，内也。”

《蹇》卦，因为是跛足所以行走艰难不会顺利。《睽》为违，如同两女同居一室，但性格志趣不相投，必然出现矛盾，一方从室内出局是理所当然的事情，所以孔子断《睽》为外。《家人》卦卦义是利于女子守正，而女子正位在于家，家是内，所以孔子说《家人》卦是团聚在内。《家人》卦寓意着一个女内男外，男女正，乃人间正道的天地之大义。依孔子之解释，家道虽然是内，但道理却是通行于外，一家兴则一国兴，“正家而天下定矣”。

“否泰反其类，大壮则止，遁则退。”

《否》《泰》两卦为两极，如同阴阳鱼那样相互变化这是不难理解的，有一个否极泰来的成语可以佐证。《大壮》的“止”就不是《节》卦中的“止”了，它是盛时的警钟。阳刚之气盛壮，易恃强冒进，所以孔子说：“君子以非礼勿履”，止于非礼之举，不合乎礼制的事情不做。《遁》卦是退隐离开之意。为什么离开？这应该是以退为进的一种策略。孔子认为君子占此卦以远小人，不恶而严，这是一种自我保护。不恶而严，恶是流露出憎恶之情，严是庄重严肃。对小人的讨厌不一定形于色，保持自己的庄重严肃就可以做到远小人。君子不重不威，庄重自然就会使小人望而却步。为了不与小人发生纠缠，躲避一下也无妨。

“大有，众也。同人，亲也。革，去故也。鼎取新也。”

《大有》，顾名思义就是大有成就。成就不是一人所为，所以是众人之力。《同人》卦，现在有一个“同仁”的词与其近似，意思很接近。与人亲近，协同共事是亨通的好事，但协同是不分亲疏的，只和本族内部的人亲近协同，搞小圈子，就不是什么好事了，所以有“同人于宗，吝”的说法。《革》是革新，革新就必然革去旧的东西，因而有“除旧”之说。孔子在此卦中举了汤武革命的例子，用“革之时大矣哉！”表明了自己对革新的推崇。《鼎》卦是立新之意。立新的根本在于养贤，以鼎祭祀上帝，是为了表示忠诚，用鼎烹饪大量的食物供养圣贤，得到圣贤的佐助，立新便在其中了。孔子把立新的希望寄托在圣贤身上，其实就是寄托在当时的知识分子身上，这是一种难得的知识重于君王的思想。读《易》至此，谁还会说孔子保守呢？

“小过，过也。中孚，信也。丰，多故也。亲寡，旅也。”

《小过》之“过”不是过错之过，而是小有超过，此卦意在宜做小事而不宜做大事，如同“飞鸟遗之音，宜下不宜上”。这是因为飞鸟已经在空中凄惨的鸣叫，再往高处飞翔怎么会有利呢？所以要落下来才吉利。《中孚》卦是心怀诚信，孔子认为，一个人如果其诚信都能把猪和鱼感化了，那么他的诚信就足可以系结天下人心。这是形象的说法，其实孔子之意在于说明诚信中“孚”的重要。《丰》卦丰盛强大，如日中天，所以故友纷至沓来，判定“多故”。《旅》卦是人在旅途，客游他乡，亲朋能有几人同行？因此“亲寡”。孔子解释此卦大概融进了他自己周游列国，困于陈蔡的经历，使此卦充满了人情味。

“离上而坎下也。小畜，寡也。”

《离》卦是火往上烧，《坎》卦是水往下流，这两卦比较通俗。《小畜》则是积蓄不多，与《大畜》是量上的差别。

“履，不处也。需，不进也。讼，不亲也。”

《履》为跟从，跟从者只能按照前面的脚步走，因此难有自己的处所，孔子因此定为“不处”，是不能安居之意。《需》卦等待不前，不前的原因是调养生息，等待机遇。《讼》卦是诉讼，都对簿公堂打官

司了，还哪里有亲情可言？所以“不亲”。

“大过，颠也。姤，遇也，柔遇刚也。”

《大过》是打破常规，所以叫颠倒常理，此处之“过”，不是过错之过，是超过之过。《大过》的卦象是湖泽淹没了树木，就像九寨沟湖水里的钙化木，这种现象很令人琢磨的。常规也有度，就像栋梁不能弯曲一样，否则就凶险了。枯槁的杨树发了嫩芽，老头娶了个少女为妻，这虽然超乎常情，但还是有利的。枯老的杨树又开了花，老妇人得了个小伙子为夫，这样的事，不仅“何可久也”，而且“亦可丑也”。这种思想对中国几千年历史的影响是很大的，看看社会中大多数家庭的结构就明白了。《姤》是邂逅，男女偶然相遇，也许会擦出火花，但“女壮，勿用取女”，就是说，这个女子太强壮，娶她就要谨慎了，掂量一下自己能不能驾驭得了。“天地相遇，品物咸章”，就是这个道理，阴阳相和，万物才得以显现，阴盛阳衰，不合天道。

“渐，女归待男行也。颐，养正也。既济，定也。”

《渐》卦是循序渐进，如同女子出嫁之事，必须依礼而行，着急不得。女子稳坐家中，待男子来迎娶，如果自己着急跑了去，岂不令人耻笑。《颐》卦就是休养生息，少言养德，节制饮食以颐养身体。“颐和园”、“颐年堂”这样的建筑名字，大概就与此卦有关。颐养天年的老人一定不要唠叨，谨慎说话才能养德。《既济》卦代表的是成功以后，所以说“定”。此卦隐含的意思是穷尽，预示另一个开端将要来临。

“归妹，女之终也。未济，男之穷也。夬卦，决也，刚决柔也，君子道长，小人道忧也。”

《归妹》卦，意在女子出嫁终得归宿，所以称“女之终”。少女如果占得此卦，应该谈婚论嫁。《未济》卦令多少大丈夫唏嘘不止，因为此卦未济就是未完成、未终之意。大丈夫拼搏一世，壮志未酬，令人感慨。但此卦虽然在形象上难看，所有阳爻、阴爻位置都不正，但是希望还在，因为变化在酝酿之中。《夬》卦义在决裂，阳刚决除阴柔，表明君子之道伸张，小人之道困忧。孔子以此卦作为他《杂卦》的结尾是很让人回味的，说明不管天道如何循环，君主之道必定是通达正道，而小人之道也许鼓噪一时，但小人高居在上的局面最终不会长久。

3. 不学诗，无以言

《诗》是孔子编纂的，有三百零五篇，汉代被推崇为《诗经》。孔子教授弟子，很愿意引用《诗》,《论语》中就多有记载，可见孔子特别喜爱《诗》。当时还没有秦始皇焚书坑儒，各类典籍不少，孔子为什么偏爱《诗》？要知道《诗》并非圣贤之作，大都采自底层民间，反映劳苦大众生活情感的居多。究其原因，无外以下几个方面：

在孔子眼中，诗中有历史，读诗就是读史。

在孔子编撰《春秋》之前，我国历史上没有真正意义上的史书，《尚书》只是古老的皇室文集。历史上许多重大事件、重要人物，都散记在民间歌谣当中，文学是最早的历史，就是说这种现象。孔子通过读《诗》，了解到了许多历史知识，比如《周颂・武》这首诗，就反映了周武王克商这段历史。据《左传》记载：武王克商，作《武》，其卒章曰“耆定尔功”；又据《礼记・乐记》记载，孔子曾说《大武》“再成而灭商”，可知《武》是《大武》乐舞中的歌诗。《武》之乐舞，表现的正是武王牧野克商的历史事实。周武王伐商，在牧野与殷军决战，殷军前部倒戈，纣王败回朝歌自焚，殷商灭亡，周武王取而代之。周武王功勋卓著，周人作诗对他大加赞颂。比如《东山》，从一个参加周公东征的士兵抒发情感的角度，反映了那段征伐历史，读这些诗如同读史，是对历史的有效打捞。

在孔子眼中，诗中有百科，读诗就是学习。

风物考证，历来是诗经研究中一个重要的方面，之所以有这样的研究，是因为孔子说过读诗可以“多识鸟兽草木之名”。“六经名物之多，无逾于诗者，自天文地理、宫室器用、山川草木、鸟兽虫鱼，靡一不具。学者非多识博闻，则无以通诗人之旨意，而得其比兴之所在。”（纳兰成德《毛诗名物解·序》）孔子说“不学诗，无以言”，就是说你不了解风物百科知识，和人说什么，怎么说？没法和有知识的人交流啊。读诗，就是最好的学习，是丰富自己百科知识的最佳途径。潘富俊《草木缘情：中国古典文学中的植物世界》，对《诗》中一百三十六种植物做了介绍。如此这般，就是植物学家也要下一番功夫来分辨，所以读诗的过程，是实实在在长知识的过程。

在孔子眼中，诗中有美丑，读诗就是审美。

孔子有言：诗三百，一言以辟之，思无邪。无邪，就是审美上的纯正，是“乐而不淫，哀而不伤”。

关于无邪的标准后人说法很多，冯友兰先生的观点是“非礼勿视，非礼勿听，非礼勿言，非礼勿动，非礼勿思”，实质也就是孔子说的“仁”。孔子在编纂《诗》时，保留了许多讽刺性的诗歌，比较有名的是《氓》，写一个女子对负心汉、对世态炎凉的感叹，但诗的结尾没有悲观，没有绝望，而是表示出一刀两断的决心：及尔偕老，老使我怨。淇则有岸，隰则有泮。总角之宴，言笑晏晏。信誓旦旦，不思其反。反是不思，亦已焉哉！

还有一首诗《邶风·新台》，全诗三段，是民众讽刺卫宣公劫夺儿媳姜氏（宣姜）的诗。诗文如下：新台有泚，河水弥弥。燕婉之求，蘧篨不鲜。新台有洒，河水浼浼。燕婉之求，蘧篨不殄。鱼网之设，鸿则离之。燕婉之求，得此戚施。

译成白话大致是这样：新台壮丽安乐窝，河水东流波连波。白马王子我所求，谁知娶我是罗锅。新台楼高好气魄，河水缓缓好辽阔。白马王子我所求，谁知娶我是罗锅。设好鱼网把鱼捕，鸿雁高飞免遭祸。白马王子我所求，谁知娶我是罗锅。卫宣公是鸡胸驼背之人，却强娶儿子的未婚妻，这种不顾人伦的丑行因为这首《新台》，永远被刻在了历史的耻辱柱上。

在孔子眼中，诗中有哲理，读诗就是明理。

孔子说：“小子何莫学夫诗？诗可以兴，可以观，可以群，可以怨。迩之事父，远之事君，多识于鸟兽草木之名。”(《论语·阳货》) 兴、观、群、怨，非常精准地概括出诗歌的教化明理功能。兴，抒发情志，是指诗的抒情功能；观，观察了解社会与自然，是指诗的认知功能；群，结交朋友，团结同道，是指诗的凝聚人心功能；怨，讽刺，是指诗对社会不合理现象的批判功能。四种功能的本质是明理，让人懂得“事父”“事君”的道理。有了孔子这种概括和归纳，后人才提出了“文以载道”的文学思想，把文学提高到“经国之大业，不朽之盛事”的高度。孔子编纂《诗经》的宗旨之一是修身养性、治国经邦。《诗经》反映了劳动与爱情、战争与徭役、压迫与反抗、风俗与婚姻、祭祖与宴会，甚至天象、地貌、动物、植物等方方面面，这些生活表象的背后，都蕴含着修身养性、治国经邦的道理，从这个意义上再去看诗经六义——风雅颂赋比兴，就会悟出更多的韵味。

4. 演乾坤，知进退

孔子专门作《文言传》阐释乾坤二卦。孔子在阐释中表达了他的人生哲学——尊卑论，也就是地顺天、妻从夫、子孝父、臣忠君的法则。孔子以尊卑来支撑自己礼制思想体系，他的君君、臣臣、父父、子子，就是基于这一思想的发散。乾坤二卦，一阳一阴，一刚一柔，一尊一卑，孔子的解释可谓精辟入里，让人茅塞顿开。

尊卑互动与审时度势。孔子认为尊与卑虽然不以人的意志为转移，但尊与卑却是可以相互转化的，尊贵上升到极点，就要进入下一个循环了。从这个基础来说，君与民之间就没有什么神秘色彩，就是一个时位上的差异罢了，所以君子需要“终日乾乾，夕惕若厉”，要时刻戒惕警惧，这样才能“无咎”，也就是免遭咎害，要“居上位而不骄，在下位而不忧”，进德修业，等待时机。这种等待的过程是进德的过程，也是审时度势的过程。《孝经》里讲：“居上而骄则亡，居下而乱则刑。”说的也是孔子这种一贯的人生哲学。孔子在评价宁武子时说“邦有道，则知；邦无道，则愚”，是说宁武子这个人在国家政治清明时，便显得聪明；当政治腐败时，便装糊涂。这种对时事的把握是很高明的，聪明谁都可以学，装糊涂就是人家学不来的了。由此我们可以想起明代清官郑板桥的那块横匾，那歪歪扭扭的“难得糊涂”确实不是谁都能做到的。当然，孔子说的糊涂并不是真糊涂，他在另一处作了很好的诠释：“邦有道，危言危行；邦无道，危行言孙。”什么意思呢？就是说国家政治清平，要说话正直，行为正直；国家腐败，要行为正直，说话谨慎。这样做是需要充分把握好政治形势的。武侯祠有一对名联，是这样写的：能攻心则反侧自，消自古知兵非好战；不审势即宽严皆误，后来治蜀要深思。这里的审势就是指应该看到事物的变化趋势，否则你就宽也不是严也不是，治蜀深思，治国何尝不该深思？

后来有些人认为孔子消极，说孔子的审时度势就是为了明哲保身，批评孔子不敢为真理而献出生命。这样的挑剔是从局外者的立场来评价的，缺少一种对生命的真正关怀。这使我想到了二战时期的欧亚两地对士兵的教育：同盟国许多政府是这样教育士兵的，当你被彻底包围，抵抗无益，只能被消灭的时候，你可以选择投降。而日本军阀对士兵的教育则是誓死效忠天皇，宁可战死决不投降。两者看上去一阴一阳、一刚一弱，但哪个政府在关怀士兵的生命则一目了然。

时位观念中的阶段论。时与位是《易经》中非常重要的两个概念，孔子通过乾坤二卦对这两个概念进行了深入的阐述，其标志性的提法就是事物发展的阶段论。乾卦中的六爻，孔子称之为六龙："六爻发挥，旁通情也；时乘六龙，以御天也；云行雨施，天下平也。"这段话的意思是：乾卦六爻一经发动，其变化就曲尽天地万物之情理；犹如顺着不同时节驾起潜龙、现龙、惕龙、跃龙、飞龙、亢龙这六条巨龙，统御着天道变化，行云播雨，普降泽惠，给天下以太平。用孔子的观点来分析事物的发展，可以得出这样一个结论：凡事，都有六个发展变化阶段，这些阶段是不能逾越的，在某一个阶段就应该遵循某一个阶段的要求，否则，就会出问题。有的社会学家把人类社会的发展分为六个阶段，即原始社会、奴隶社会、封建社会、资本主义社会、社会主义社会和共产主义社会，这种分法是否源自《易经》，不敢肯定，但既然这么划分了，想超越某一种社会形态是不可能的。跃龙不到时机是成不了飞龙的，而惕龙想一步成飞龙更是违背规律的设想，所以说人们可以通过努力缩短某一个过程，但不能跨越这个过程，正所谓欲速则不达。明白了这个道理，我们也许会少走许多弯路。

六龙的含义是指事物的萌生、童蒙、储备、壮大、成就、巅峰六个阶段，这里蕴含着一个由量变到质变的道理。孔子认为：“臣弑其君，子弑其父，非一朝一夕之故，其所由来者渐矣。”(《易经·坤文言》)这里的“渐”字用得很好，我们都知道防微杜渐这个成语，这个“渐”本身就是一个慢慢形成的过程。孔子认为发展到这种不可挽回的地步是因为“由辩之不早辩也”，就是由于为君为父者没有及早查明真相，做到防微杜渐。所以，孔子并不是被动地接受六个阶段，而是主张在这一规律指导下去逢凶化吉，变害为利，是一种十分积极的人生态度。

知进退存亡不失其正。物极必反，盛极变衰，尊者不可能永远是在上，卑者也不可能总是居下，“坤至柔而动也刚”，这是事物发展的规律。那么，君子如何对待这种曲折的变化呢？孔子道出了一个非常重要的原则，就是“不失其正”。这里的“正”是正道，是孔子在乾卦中说的君子要行的四德，即“体人足以长人，嘉会足以合礼，利物足以合义，贞固足以干事”。(《乾·文言》)这几句话译成白话是：把仁爱之心作为行事的根本原则完全堪称众人的尊长，集美好事物之大成并完全符合礼仪的要求，施利给他物完全符合道义的准则，保持守正坚定的节操完全能够妥善处理各种事物。这使人想起儒家学说的一个重要观点，穷则独善其身，达则兼济天下。位置的高低不是以自己的意志为转移的，孔子以圣人之誉周游列国尚有陈蔡之冷遇窘迫，不走运的读书人不是多如过江之鲫？进退存亡是人之常事，关键在于“不失其正”。有些人一遇到点挫折就整个悲天悯人活不起的样子，把一副祥林嫂的面孔不厌其烦地送给所有的人，希望博得一点同情，这样的人既可悲又可怜，就是不可爱。

孔子尽管主张在“邦无道”时“天地闭，贤人隐”，但他坚决反对与腐败的东西同流合污，他提出要“不失其正”，从这一点上说，就是反对任何偏离君子之道的倾斜。他认为君子的美德好比“黄色”，中和通达，正居体内，美在其中，而畅于四肢，发于事业。这样的美德是美之极致了。如此看来，有德行的君子应该是玉润珠圆、含而不露的，不一定非要一副圣徒的嘴脸，口是而心非，令人生厌。